可哀想な運命を背負った赤ちゃんに転生したけど、もふもふたちと楽しく魔法世界で生きています！ 2

ひなの琴莉

この作品はフィクションです。
実在の人物・団体・事件などに
一切関係ありません。

可哀想な運命を背負った赤ちゃんに転生したけど、
もふもふたちと楽しく魔法世界で生きています！
2

CONTENTS

可哀想な運命を背負った赤ちゃんに転生したけど、もふもふたちと楽しく魔法世界で生きています！

2

プロローグ

私の名前はエルネット。もうすぐ三歳！

お母さんもお父さんもいないけれど、イケメン騎士たちに守られながら生活している。

実は、私……前世の記憶を持ったまま生まれ変わったの。

前の人生は日本という国で生きていて、ことりカフェの店員をしていて……。

小さな女の子を助けようとして事故に遭い、二十歳で死んだ。

死後の世界に入った私は、タピオカが好きそうな女子高生みたいな女神様に出会って、驚き発言をされた。

「殺す人を間違えた」と。

そろそろ世の中に生を受ける子供がいるが、誰も手を上げてくれないらしい。

その赤ちゃんは、生まれた直後に捨てられるという可哀想な運命だそうで。

魂たちが『あまり厳しい運命なら生を受けなくていい』と口を揃えて言い女神様は困っていた。

特別な能力を与えてくれると耳打ちされ、ついつい乗ってしまい……。

私は前世の記憶を持ったまま生まれ変わったのだ。

いわゆる赤ちゃん転生だ。

それで私がどんなスキルをリクエストしたかと言うと。

もふもふに好かれる！

美味しいお菓子を作れる！

この二つ。

これさえあれば、のほほんと幸せに暮らしていけるだろうと安易に考えた。

生まれてすぐに母親に捨てられてしまい、たまたま騎士さんが私を見つけてくれ、騎士寮で育てられることになった。

私は琥珀色の瞳をしている。実は琥珀色の瞳は王族にしか出ないため、両親不明だが警護対象になった。

私は目の下に星形の泣きぼくろがある。これは生まれながらにして、強い魔力を持っている証拠らしい。

生まれ変わった場所はインカコンス王国で、人間と魔術師とサタンライオンという獣人が住む世界だった。

サタンライオンは呪いがかけられてしまった生き物らしく、青、赤、緑、黄、紫、五つの宝石を集めて呪文を唱えると、呪いが解けると言われている。

その呪文は選ばれた人が発しないと効果がない。

選ばれし者……。それは私だと言われていて、魔法を習うことになった。

以前女性の魔術師は、過去に色々あって市民権を与えられていなかった。なので王族の血が流れているのに、魔力が強い私は複雑な立場だった。

そのため、なかなか外出をさせてもらえなかったが、今は女性の魔術師も市民権を与えられるようになり、私は魔法で目の色を変えて外に出ることを許された。

せっかく生まれてきたのだ。

可哀想な運命を跳ね返して楽しく生きよう！

1　お名前を書けるように練習をしました

二名の女性魔術師ルーレイとジュリアンが魔法を教えに来てくれている。しかし子供すぎて呪文がなかなか言えない。

「マルカ、パラティ、ソラッシュ、コーカッピーノ……」

「まりゅか、ぱっぱ」

「あー、違うわ」

ルーレイが何度も教えてくれるけれど、まだ口がそんなに回らず、充分に話すこともできない。

私は魔法なんて使えなくていい。勝手なイメージだけど、魔法が使えるようになったら色々と面倒なことに巻き込まれてしまいそうだから。

可愛い動物に囲まれて、美味しいものを食べられたらそれでいい。

とにかくのんびりと、のほほーーーーんと暮らしていきたいのだ。

魔法の練習に疲れてしまった私は、その場でしゃがみこんだ。

(現実逃避しちゃおう)

空をぼんやりと見上げ、鳥さんが飛んでいないか目を凝らす。

「エル……、もう集中力が切れちゃった？」

ルーレイがやさしい笑みを浮かべて質問してきた。私はこくりと頷く。

「ちゅかれた」

「そうだよね。まだ三歳にもなってないのに魔法の練習なんて……大変だよね」

普通は、小学校を卒業してから魔術学校に入る。

しかし、私は呪いが解ける唯一の存在だと言われており、早く呪文を覚え、旅に出て残り四つの宝石を探してきてほしいとも言われている。

そんなことよりも私は、月一度開催していることりカフェのお菓子のメニューを考えているほうが楽しい。

魔法の練習にまったく興味を示さなくなった私に、ジュリアンがしゃがんで視線を合わせてくる。

「じゃあ、ここに落ちている石をキラキラのピンク色に変える魔法の練習してみる？」

「うん！」

キラキラ光るものが大好き。楽しそうな魔法なので練習することにした。

「見本を見せるからよく見ててね？」

何の変哲もない石に手をかざし、ジュリアンは意識を集中しはじめる。

「キラキラのピンク色の石になれっ！」

気持ちを込めて手にパワーを送ると、手のひらからビームが出た。そして石はあっという間にキラキラに輝く。

「わぁああ、しゅごいねっ」

さすがだなと感心した私は、立ち上がり、なんだか楽しくなってきて足踏みをする。

「あの、いし、あおにできりゅ？」

「いいわよ。青色の石になれっ！」

また手からビームが出て青色の石になる。

魔法の無駄遣いにも見えてしまうがさすがだ。

「次はエルの番よ。やってみて」

私はあまり大きな石を選ばなかった。自分のできる魔法ではこのくらいのサイズの石がちょうどいい。

小さな手のひらを広げて気持ちを込め、そして頭の中にイメージを浮かべる。

「何色にしてみる？」

ルーレイが質問してきた。

「うーん、あかっ」

「よし！　まずは頭に思い浮かべて。この石は絶対に赤になると思いながら手に力を込めるのよ」

「やってみりゅ。あか……あか……」

手のひらを石にかざすとだんだんと痒くなってきた。くすぐったいというよりもピリピリと電流が流れるような、不思議な感じである。

これも慣れてきたら、なんてこともないと言われるが、まだ私は違和感がありまくりだ。

「いし、あかくにゃれ！」

ぴゅん。

一瞬だけ勢いよく出たビームだったが、すぐに落下してしまった。ビームは石の一部にしか当たらず、ほんの少しだけ赤くなっただけ。

「あーあぁ……」

うまくできなくて、残念な声が出てしまう。

一朝一夕にいかないのはわかっているが、自分の力のなさにうんざりとした。そろそろおやつが食べたい。

甘いものを補給しないとやっていけないよぉ～……。ルーレイとジュリアンが困った顔をしている。

「おやちゅたべたい」

「もう少し頑張ろう、エル！」

ジュリアンが励ましてくれるけど、やる気が出ない。

あーあ、魔法なんか使わなくてもいい。眠たいなぁ。

「どうしたら魔法に興味を持つのかしら……」

ルーレイがつぶやく。

＊ルーレイ

国をサタンライオンから守るため、そして、サタンライオンを元の姿に戻すため、強い魔力を持ったエルの力が必要である。

本来であればもう少し大きくなってから魔法の練習をするのだが、一日も早く習得してもらい呪文を唱えてもらうことが、問題解決の近道だ。

しかし当の本人は魔法の練習に身が入らない様子。

小さな体でしゃがんでいる彼女はつまらなさそうな表情を浮かべていた。どうすれば魔法に興味を持ってもらえるのだろうか？

「エル、あなたの興味のあることって何？」

「もふもふとおかしー！」

元気一杯に答える姿が可愛らしくて、思わず吹き出しそうになってしまう。

彼女の興味があることを引き出していくしかない。

「お菓子ね。じゃあ、お菓子にまつわる魔法の練習をしようか？」

「うん！」

急に瞳をキラキラ輝かせ、立ち上がった。

「ここの庭に食べたいお菓子を想像して出してみたらどうかな？」

「しょんなこと、できるにょ？」

「ええ。私たちは魔術師よ。それぐらいのことはできるわ」

私は試しにその場にチョコレートを出して見本を見せることにした。手のひらを地面にかざしてチョコレートを頭の中に強く念じる。

「チョコ！」

すぐにポロリとチョコレートが出てきた。それをエルがキャッチして早速口の中に入れている。

「おいちぃー！」

「面白いでしょ？　やってみて」

「……うん！」

いつになく真剣な瞳をして手のひらを地面に向かって出した。

「おかしの、いえっ」

「え？」

次の瞬間ボンッと、彼女の体の大きさぐらいのお菓子の家が出てきたのだ。

「「えーーーーー」」

私とジュリアンは驚きすぎて目を真ん丸にしている。

「できたー！」

エルは嬉しそうに手を叩いて笑っていた。

こんなにすごい魔力を使えるなんて、やはりこの子はただの子供ではない。

驚きすぎてぼんやりしているところに、ティナがやってきた。

「そろそろ終わりの時間ですよ。エルちゃん、おやつタイムにしましょうって、何これ！」

驚くのも無理はない。

「まほうでちゅくったのー」

ニコニコ笑っているエルがとても可愛らしくて、何でも許したくなるが、これはやりすぎなような……。

「エルちゃん、こんなに食べたら虫歯になっちゃうわ！」

母親代わりのティナは若干怒り気味。さすがにこれを一人で食べさせるのはよくないと私も思った。

ということで急遽お茶会が開かれることになったのだ。手の空いている職員が集まってきてお菓子を食べている。

エルはもうすぐ三歳なので、足腰も少しだけしっかりしてきた。体力もかなりついてきた気がする。しかし、まだ頭が重くてバランスを取って歩きにくいらしい。

慌てて走り出すと転びそうになった。ティナが慌てて体を押さえる。

「危ないから走ったらダメよ」

「ごめんなちゃい」

ニパって笑うと、ティナは母親のように慈愛に満ちた瞳を向けていた。

「まどはクッキーだよ」

エルがティナに説明をしてお菓子の家を破壊しながら楽しそうに食べている。ほっぺたが落ちそうな表情をして頬張っている姿は、たまらなく可愛くて胸がキュンキュンしてしまう。

小さな子はもともと好きなほうだけど、こんなにも可愛い子供は見たことがない。

あまりにも美味しいのか、よく噛まずに食べているエルは喉を詰まらせそうになった。

「げほげほげほっ」

「エルちゃん大丈夫？」

ティナが背中を擦っている。水を飲ませてもらい飲み込むことができた。

「あまり慌てて食べないでね」

「あーい」

見ているだけで癒やされるわ……。

＊＊＊

お茶会が終わり、部屋で絵本を読んでいると、ジークがやってきた。

ジークは目の色と髪の毛が黒くて、長い髪の毛を一つに束ねている。

剣さばきがとても上手で、俊敏な動きをする時に髪の毛がさらさらと揺れるところがかっこいい。

体格がよくて鍛え上げられた騎士だ。

周りに人がいる時はクールなキャラクターだけど、私と二人だとなぜか赤ちゃん言葉になる。私のことが可愛くて仕方がないらしい。

「エル、がんばりまちたか？」

「うん、おかしのいえちゅくったの」

にっこりと笑うとジークは耳を少し赤く染めて咳払いをした。どうやら彼は私の笑顔に弱いようだ。

「ジーク、ちゅり、いこうね」

「ああ、魔法の練習を頑張っていい子にしていたら、また連れていってやるよ」

大きな手のひらで私の頭をぽんぽんとやさしく叩いた。

最近時間ができたら近くの川に釣りに行くことが多くなった。小さな魚しか釣れないけれど、遊びに連れていってくれるのが楽しい。

彼が出ていくと適当にお絵かきをしたり、ぬいぐるみで遊んだりする。

ところがまだ子供なので体力があまりなく、三時頃には眠くなる。

そのままコロンと床に横になりお昼寝タイム。

ティナが時折、様子を見に来てくれて、風邪をひかないようにそっとベッドに運んでくれる。

ぐっすりと眠って夕食の前には目を覚まし、絵本を読んで過ごし、夜ご飯が運ばれてきた。

今日、大好きなハンバーグだった。

「わぁあああ」

嬉しくてきっと私の目はキラキラとしているだろう。

ティナが前掛けをかけてくれる。

「さあ、食べましょう」

「いただきまーーーーす」

本当は食堂で騎士のみんなと一緒に食べたいけれど、まだ上手に食べられないのでティナとのんびり、部屋で食べているのだ。

大きな口を開いてハンバーグを食べる。肉汁がジュワッとあふれ出て頬が落ちそうになった。

「うーん、たまらにゃい」

ティナがクスクスと笑っている。

付け合わせの人参やブロッコリーの野菜も残さず口の中に入れた。

「エルちゃんは好き嫌いをしないで野菜も食べられるから本当にいい子ね」

「やしゃい、おいちいよ」

裏の庭で採れている野菜も使っているらしいので、みずみずしくて新鮮でとても美味しいのだ。

「偉かったわね。ごちそうさまでした」

「でした！」

食事が終わると入浴をする。

大きなお風呂でしっかりと体を温めて、寝巻きに着替えさせてもらう。

ワンピースタイプのフリフリとしたパジャマはとても肌触りがよくて、お気に入りだ。

さっぱりとして部屋に戻ってきた私は、床に座って積み木で遊ぶ。

子供になったせいかこういう単純な遊びが楽しくてたまらない。

バランスよく積み上げて、珍しい形になるとテンションが上がるのだ。

「わぁ、しゅごい、うっふふふ」

「楽しそうに遊んでいるな」

今夜の当番が入ってきた。

毎日日替わりで騎士が部屋で一緒に寝てくれるのだ。

あまりにも真剣に遊んでいたので、団長がやってきたことに気がつかなかった。

「エル、そろそろ寝るぞー」

「だんちょー」

今日の当番は騎士団長のサシュ。

私はいつも「だんちょー」と呼んでいる。しっかりしていて頼りがいのある人だ。

「きょうも、おちゅかれしゃま」

両手を広げてハグを求める私を騎士団長は長く逞しい腕で抱きしめてくれた。抱きしめられるとかなり鍛え上げられているのがわかる。

「エルに『お疲れ様』って言われたら一日の疲れが吹っ飛ぶな」

「うふふ」

抱きしめて頭を撫でてくれる。

まるで子猫のように可愛がってくれるので、ついつい私は甘えてしまうのだ。

両親がいないけれどこうして大切にしてくれて、寂しさを埋められている。団長はおおらかで頼りになるから、本当にお父さんという感じがする。

ソファーに座った団長の膝の上に乗せてもらい、絵本を広げた。

「エル、大きくなったな」

「うん！」

「嫁に出す日を想像すると切なくなる」

「まだまだ、およめしゃんにはならないよー！」

父親のように思ってくれているのがありがたい。胸がほっこりする。

「だんちょーは、およめしゃん、もらわないの？」

「っ！」

なぜか言葉に詰まって咳払いをした。

もしかしたら好きな人がいるのかもしれない。おせっかいな気持ちが湧き上がってきてついて質問してしまう。

「しゅきなひと、いりゅの？」

「エルにはまだそういう話は早い」

なぜかごまかしてくる。これは好きな人がいるってことだよね。

団長だったら、きっと素敵な女性を選んでいるだろう。もしかしたら知っている人かもしれない。あ、でも、ティナも団長のことを好きなそぶりを見せていた気がした。

……二人が両想いになってくれればいいのに。

「エル、お前にはまだ恋愛は早すぎる。もういい子だから寝てくれ」

もっと恋の話を聞きたかったけれど、団長はそれ以上話を聞かせてくれなかった。私のことを抱き上げてベッドに乗せてしまう。

「だんちょー、もっと、おはなしききたい」

「絵本を読んであげるから、もう寝よう。ちゃんと寝ないと大きくなれないぞ」

添い寝して絵本を広げながら読んでくれる。団長の声は落ち着いていて耳に心地よい。

「むかーし、昔、あるところに……」

話を聞いていると、日本にいた時代に誰もが聞いたことがある童話に似てるなと思った。

最後まで聴きたいのに、眠くなってきて目が重くなる。

「………う、うう」

「眠くなったか？　寝ていいんだぞ」

体をポンポンポンとやさしく叩いてくれる。

ここに住んでいる人たちは子育てをしたことのない騎士ばかりだが、私の子育てに携わってくれてもうすぐ三年になる。

みんないいお父さんになるのではないかと思うほど、寝かしつけるのが上手だ。

幸せな気持ちで私は眠りについたのだった。

＊　＊　＊

今日は魔法の練習はお休みだ。一日時間があるので暇を持て余している。

誰か時間がある時は遊んでくれるのだけど、今日はランチを終えて部屋で大人しくしていても誰も来てくれない。

「あーちゅまらない」

口を尖らせてつぶやいてみるけれど誰も来ない。

一人でいるとついつい自分の両親のことを考えてしまう。

私の親ってどんな人だったのかな。

母親に抱かれ、山に捨てられた記憶は残っているけれど、思い出そうとしてもどんな顔だったのかまでは覚えていない。

まだまだ子供なので人肌が恋しくなる。

なんだか寂しい気持ちになってきて瞳に涙が浮かんできた。

我慢しようと思っているのに、辛くなって涙がぽろぽろとこぼれてくる。

「エルーーーーーー」

しんみりした気持ちをぶち壊すかのように明るい声で入ってきたのは、スッチだ。

彼は、オレンジ色の瞳をしていて大型犬のようにじゃれてくるような……そんな性格をしている。

この人も例外なくイケメンなのだが、子供っぽいというか。だから遊んでいて楽しい相手でもあるけれど。

彼が近づいてきて顔を思いっきり寄せてきた。泣き顔を見られることになるので慌てて手で涙を拭う。

それでもごまかすことができずに泣いている顔を見られてしまう。スッチの笑顔が消えた。

「え？　どうしたの？」

心底心配しているような表情をして、部屋中の空気が凍っていくようなシリアスな雰囲気になってしまった。

「ちょっと……」

「ちょっとじゃこんなに泣かないでしょう？　何かあった？」

しゃがんで視線を合わせてくれるところも好きだ。

彼はやさしい心を持っている。

こんな子供の私に対しても対等に付き合おうとし、遊ぶ時は全力で遊んでくれるのだ。

「しゃみしく、なったの」

「……ひとりぼっちだったから寂しかったの？　もっと早く来てあげられなくてごめんね」

私は頭を左右に振った。

「おかあしゃんと、おとうしゃんにあいたい」

思わず本心を伝える私に彼は困った表情を浮かべる。

「お父さんならいっぱいいるよ？　僕たちがお父さん代わりだよ」

そうだ。

みんなに愛情を注いでもらっているから今の私がいる。そう思えば寂しさが和(やわ)らいできた。

「ごめんね、もう、だいじょうぶ」

泣き顔に笑顔を作った私を、スッチは思いっきり強く抱きしめてくれた。

「寂しがることないんだよ。無理もしなくていいから。いつでも僕に甘えてね」

「ありがとぉ」

「よっし、じゃあ、遊ぼうか。砂遊びしよう」

「うんっ」

私はスッチに川の近くにある砂場へ連れていってもらった。

最近スッチと遊ぶことで、はまっていることがある。それはおままごとだ。

私がお母さんでスッチは子供役！

川岸に行くと敷物を敷いて、スッチにはそこに座っていてもらう。

「ごはんをちゅくりましゅね」

私は石をいくつか拾った。これは食料品代わりだ。

大きな石の前に行って、包丁を使うふりをする。

「きょうは、おにくやきましゅよ」

「わーい。お母さん、僕お肉大好きなんだ」

スッチは完璧に子供役を演じてくれる。

私はそれが楽しくてたまらないのだ。

前世の記憶が残っているから脳内は大人のはずなのに、なぜか子供の遊びがしたくてたまらない。

「とんとんとん、じゅーじゅーやきまーしゅ」

大きめの葉っぱを拾い、そこに石を乗せた。

「おまたせ」

「ありがとう！」

食べるふりをしてにっこりと笑ってくれる。

「すごく美味しいよ」

「いっぱいたべてぇ、おおきくなるのよ」

頭をなでなでしてあげると彼は嬉しそうにした。大型犬を撫でているようで可愛いと思ってしまう。

「つぎは、しぇんたくよ」

川に近づいて洗濯をしようと思ったけれど、野生の鳥さんたちが集まってきた。

《私たちも、おままごとにまぜて》

そう言っているので私は頷いた。

「スッチ、おともだちがきましたよー」

「わーい」

鳥さんとスッチが遊んでいるところを見届けてから、お洗濯。あー忙しい忙しい。

張り切っているとつまずいて石の上で転んでしまった。

「う、うわーーーーーん」

突然おままごとは終了して私は大きな声を上げて泣いてしまう。

慌ててスッチが走ってきて、しゃがんだ。

「大丈夫？」

「えーーん」

「痛い？」

　スカートを少しめくって膝を見てみると、かすり傷ができている。けど、大したことない。私の気持ちも落ち着いてくる。

　痛みがだんだんと和らいできたが、スッチは顔を真っ青にしていた。

「お医者さんに診てもらおう」

「だいじょうぶ……なおった！　あしょぼう」

「でも、そうもいかないんだ。絶対に怪我をさせたらいけないからね」

　私には王族の血が流れているらしく、かなり厳重に守ってもらっている。せっかく遊んでいたのに中断して、足を診てもらうことになった。

　スッチが私のことを抱き上げた。一気に視界が広くなり、遠くまで眺められる早く身長が伸びたらいいなと思う。

「おしょらがちかくなった」

「え？　エルは面白いことを言うね」

　私のことを本当に可愛いといったように笑う。次の瞬間心配そうな表情になり早歩きで医務室へと連れていってくれた。そんな心配することないのになぁと思いながら私は彼に抱きついていた。

診断結果はやはり大したことなく、少し消毒をしてくれただけ。

スッチは心底安心した顔をしていたが、そこに血相(けっそう)を変えた団長が入ってきた。その後ろにティナがくっついてくる。

「何があったんだ！　すぐに報告しろ」

「ごめんなさい！」

「スッチ、こういう場合は『申し訳ございません』だろう！　ちゃんと敬語を覚えろ。エルはどうなったんだ」

「だんちょー、スッチのことおこらないで。わたしが、ころんだの」

元気だという素振りを見せると、団長は安心したように私のことを抱きしめた。ティナも、ホッとしたような表情を浮かべていた。

楽しくてついつい走ってよく転んでしまうのだけど、みんなが心配するから気をつけなければいけない。

おままごと、楽しい最中だったのに。残念だ。

「スッチ、またあそぼうね」

「うん、わかった」

私が大したことなかったので、騎士団長が安心したように腕を組んだ。

「じゃあ、エルちゃん、私と一緒にお部屋に帰ろうか」

「うん！」

ティナが私のことを抱き上げようとしたが、ちょっとずつ成長して重くなっているのでとても大変そうだ。

団長が私のことを抱いて部屋まで送ってくれることになった。

自分で歩けるのに、そこまでしてもらうのはなんだか申し訳ない気がしたけれど、団長に抱っこされるのは大好きなので甘えよう。

「だんちょー、おもくてごめんね」

「エルなんて軽い。お前は子供なんだから気を使うな」

「だんちょー、だいしゅきっ」

廊下を歩きながらそんな会話をしていた。

私は団長の胸にぴったりと頬をくっつけてしがみつく。

そんな私のことが可愛くてたまらないように抱きしめてくれた。それを見てティナが穏やかな表情を浮かべている。

いつまでもこの楽しい時間が続けばいいなと思いながら自分の部屋に戻ってきた。

団長がいなくなり、私は少し疲れたので自分の部屋でお昼寝することにした。

ティナがそばについていてくれて、私はウトウトしている。そこに誰かが入ってきた。

「メイド長」

「ティナ、ここにいたのね。エルちゃん気持ちよさそうに眠ってるようね」

「はい。愛らしい表情を浮かべて眠っています」

目を開ける余裕がないほど眠くなっているが、二人の話し声は聞こえる。

メイド長は年配女性で、この独身騎士寮のメイドとして長く働き、面倒見のいい人だ。

「あなたもそろそろ赤ちゃんが欲しいんじゃないの？」

「そうですね、いつかは母親になりたいと思っています」

「そう。じゃあ私がいい人を紹介してあげましょうか」

「えっ」

予想外の展開に私は驚いて意識が戻ってきた。でもここで目を開いてしまえば話が中断すると思って寝たふりをする。

「それとも誰かいい人がいるの？」

「いえ……。そういうわけではないのですが」

「好きな人がいるとか？」

その質問にティナは黙り込んでしまった。

やはりティナは、団長のことが好きなのだ。なんとか二人をくっつける方法はないのかと考える。

「いつまでも独身のまま、ここで働いているわけにもいかないと思うのよ。お見合いしたらどうかしら」

「それはっ……」

「まあ、私は心配しなくてもティナは、国王陛下の従姉妹だから、きっといい縁があるわよね」

国王陛下と従姉妹ということは……。

国王陛下が『団長とティナは結婚しなさい』と言えば、二人は夫婦になれるということか。そうなればいいなと願っているのは私だけなのかな?

そんなことを考えながらぼんやりしていると、メイド長は部屋を出た。

「はあ……」

ティナは小さなため息をついている。なんだか切なそうで可哀想になった。

＊スッチ

「はぁ……はぁ……はあああああ」

エルを怪我させてしまったことにかなり落ち込んでため息を吐きまくる。同じ部屋のマルノスが僕のことを見ていた。

「どうしたんですか？　スッチ」

「大事なエルを怪我させてしまって本当に落ち込んでいるんだ」

「エル様は成長して自由に歩き回る年齢になりましたから、自分らも気をつけて見て差し上げないといけませんね」

本当にその通りだと思って僕は反論できない。

「エル、両親に会いたいと言って泣いていたんだ」

「……そうだったのですか。自分たちがたくさん愛情を注いでいても、まだ幼いエル様は寂しくて仕方がないこともありますよね」

「うん……。しかもあんなに小さいのに僕に気を使わせないようにして笑ったんだ」

あの時の表情を思い出すと胸が痛くなる。

「実際、エルの両親探しってどうなってるんだろう？」

「自分には情報が入ってこないのでわかりませんが、王族はかなりの人数がいるので調べるのに時間がかかっているのでしょう。しかも自分の子供だとわかっていない可能性だってありますよね」

たしかにその通りなのだ。

あんなに悲しそうな顔をしていたところを思い出せば両親に会わせてあげたいという気持ちもあるけれど、エルにとって一番幸せな道は何なのだろうか。

＊＊＊

「はーっ、みじゅ！」

ルーレイとジュリアンと魔法の練習をしている。

手からたくさんの水を出してお花にかけるという魔法だが、あまりうまくいかない。

「エル、もっと意識を集中させて。見本を見せるから見ていてね」

ジュリアンが言って手のひらを大きく広げた。そして咲いている花に手をかざす。

「水！」

まるでじょうろのように手から水が出てくる。

「しゅごい……」

「エルも必ずできるようになるわ」

「うーん」

私は別に魔法を使えるようになりたくないんだけどな。

すっかりとやる気を失っているところに、ジークが迎えにやってきた。

黒髪ロングヘアを一つに結び髪の毛が風になびいている。太陽に照らされたその姿はとても美しく、見ているだけで目の保養になった。

「練習はどうだ。順調にいっているか？」

「ジーク、もういや」

「頑張れ。練習が終わったら釣りに行こう」

「ちゅり！」

私は遊んでくれるという言葉に喜んで素直に頷いた。

「わかった！」

お菓子とか遊ぶというキーワードに弱いのは、子供だからなのだろうか。

「エル、またあとで迎えに来るから」

ジークが離れると私はふたたび魔法の練習に励んだのだった。

練習を終えた頃、ジークは約束通り迎えに来てくれた。

「釣りに行くって約束したけど、お昼寝しなくて大丈夫か？」

「うん！　まだまだたいりょくあるよ」

私が満面の笑みを浮かべながら答えると、ジークは嬉しそうに頬を真っ赤に染めた。

「そこまで言うなら、じゃあ一緒に行こう」

ジークが抱っこしてくれて川辺まで歩いて行く。

今日は秋晴れで暖かい日だった。

釣りといっても立派な道具ではなく木の枝に糸がついたような釣竿だ。

「今日はどんな魚が釣れるかな」

「ねー、たのちみ」

川に到着して水を眺めるとキラキラと輝いている。ここの水は純度が高いらしく透明で美しい。魚が楽しそうに泳いでいるのも見えた。

周りには他の騎士も何人かいるので、ジークはいつものクールな口調のまま。二人きりになると赤ちゃん言葉になるのでちょっと困ってしまう。

彼は釣竿に餌をつけてくれている。魚か何かを練って作ったものらしい。

「よし、じゃあこれを持って」

私に釣竿を渡してくれるけど重たくて一人では持つことが難しい。後ろにジークが回ってきて手を添えて一緒に持ってくれる。

「せーのぉ」

釣竿を川に向かって投げると糸が垂れた。

優雅に泳いでいる魚たちは餌の前を通り過ぎるけれど、あまりこちらを気にせずにスルーしていく。

「ちゅれないよ」

「そんな簡単には釣れないさ。魚だって警戒しているんだ。こうやってじっくり待つのも釣りの楽しみだと思わないか？」

私にはよくわかんないけれど、前世の記憶が戻ってくる。

私のおじいちゃんも釣りが好きで一緒に魚をとりに行った。

とってきた魚は捌いてくれてお刺身で食べたり、煮付けにしてくれたりして美味しかったけれど、こちらの世界では魚を煮るという文化はないだろうな。

醤油がほしいなと恋しい気持ちになった。

釣り自体はそんなに愉快なものではないけれど、こうして外に連れてきてくれて遊んでくれるから楽しいのだ。

魚が泳いできて餌をツンツンと突きはじめた。

「あ！」

私が釣り上げようとするとジークが動きを止めてしまう。

「焦らないことだ。魚が餌を口にしっかり食べるまで動かしちゃダメだ」

「うー」

私は口を尖らせる。

どうやらせっかちな性格をしているみたいで、すぐに結果を出したいと思ってしまうのだ。

「今日の魚は機嫌が悪いのかな」

ジークがそんなことを言っている隣で私はもう上の空だった。彼のすぐそばで石を見つめながらぼんやりとしている。

綺麗な石があったら持って帰ろうと思っていた。いつもこうして石を集めているので気がつけばコレクションが結構溜まってきている。

そこに野生の動物が近づいてくる。

もふもふさんだ！

嬉しくて立ち上がって瞳をキラキラさせると、敷地内の森に住んでいるきつねさんがやってきた。

「コンコン！」

私は上機嫌できつねさんに話しかけた。まるで犬のように尻尾を振って喜んでくれているみたい。

近づいて触ろうとする私に、ジークが慌てて止める。

「エル、きつねには寄生虫がいるかもしれないから気をつけたほうがいい」

噂には聞いたことがあるが、私は触りたくて仕方がない。

射抜くように見つめられるので、距離を取ってお話をすることにした。

きつねさんと話し込んでいたら、気がつけば鳥さんが来ている。

まん丸くて白い鳥さんだ。まるで雪の玉みたい。

私の肩に止まって楽しそうにさえずっている。気持ちよくなってきて私は大きな欠伸（あくび）をした。秋晴れの太陽と鳥さんのさえずり声。眠くならないはずがない。

釣りをしているジークの近くに寄って、膝の上に座らせてもらった。

彼もたっぷりと私を甘えさせてくれる。

そのうち気持ちよくなって私は気がつけば眠りの世界に入っていた。

「エル、大物が釣れたぞ」

声をかけられて私は目を覚ました。彼の手には大きな魚がある。

私は感動して瞳をぱちぱちと瞬かせた。

「しゅごーいっ」

「だろ？　じゃあ、返すぞ」

キャッチアンドリリース。釣った魚はすぐに川に返すのだ。

「しゃかなしゃん、バイバーイ」

小さな手のひらをブンブン振ってお見送りする。

気持ちよさそうにスイスイ泳いでいる姿を見て心が和(なご)んだ。

＊＊＊

騎士寮には図書室がある。ティナに連れられて一緒に訪れていた。

私はたくさんの本の量に瞳を輝かせた。

少しずつ字は覚えているけれど、まだまだ読めないものもある。字の勉強を頑張って読みたい。お勉強、頑張ろう！

「なんのほんさがしてりゅの？」

ティナに話しかける。

「うーん……おまじないとか、願いが叶う方法が書いてある本とか……かな」

彼女は少し頬を染めて教えてくれた。おまじないかぁ。面白そうだと質問を重ねる。

「どんな、おねがいごと？」

少々困ったような表情を浮かべた。言いにくいことなのかな。

「色々なことがあって難しいのよ」

「ふーん」

話をごまかそうとするように目をそらす。大人は様々な事情を抱えていて大変そうだ。

立っていることに疲れたので私は床に座り込んだ。

頭を上げるとずらりと本が並んでいる。

自分の体が小さいせいか、それともここの図書館が大きいのかわからないけれど、異空間にいるようだ。

ハイハイして本棚に近づいた。一番下の段には動物の絵が描かれた本がある。ものすごく分厚いけれど頑張って引っ張り出そうとした。

本はビッシリと詰まっていて子供の力では出すのが難しい。

私は思いっきり力を入れて引き抜く。

「おいっしょっ！」

するとバランスが悪かったのか……。

バサバサッ！

音を立てて周りの本が落ちてきた。その音に驚いたティナが慌てて近づいてくる。

「エルちゃん、大丈夫？」

「うんっ」

びっくりしたけれど、怪我とかなかったので平気だ。

口を開いてにっこりと笑ってみせる。ティナは安心したように大きな息をついた。

「取ってほしい本があったら言って?」

「うん、これ、よみたいの」

指を指した動物の本をティナが覗き込む。

「これは動物の歴史が書かれている本だから、かなり難しいかもしれないわ。エルちゃんがいつも読んでいる絵本とは違うんだよ」

「よむ」

そんなのわかっている。否定されたら読みたくなるものだ。

「まだちょっと早いかなぁ」

「イヤイヤイヤイヤ!」

私は本を胸に抱いて頭を左右に高速に振った。

めちゃくちゃ子供っぽいことをしていると気がつく。

もしかして私はイヤイヤ期なのかもしれない。もうすぐ三歳なのになぁ。ちょっと遅くない?

それとも頑固な性格なのかな……。

私がどうしても手放さないのを見て、ティナは形のいい眉毛を思いっきり下げた。

「困ったわね。じゃあ、お部屋に持っていってもいいけど……大事な本だから汚しちゃダメよ」

「わかったぁ！」

ということで部屋に本を持ってきたけれど、さっぱり内容がわからない。

ローテーブルの前に正座をして本を開いていたが、私の眉間のシワは深まるばかり。

「うーーーーーん」

日本にいた頃に韓国のドラマにはまって、ハングル文字を読んでみたけど、チンプンカンプンだった。それと同じように何かの記号にしか見えない。

困惑しながら本を睨みつけていた。

誰か教えてくれないかなぁ。

そこに入ってきたのはマルノスだ。

紺色の髪と瞳をしてメガネをかけている、いつも敬語のマルノス。どんな時でも私に丁寧な言葉遣いで話してくれる。大好きな騎士の一人だ。

「エル様、何をなさっていたんですか？」

柔らかな笑みを浮かべて近づいてきた。

「マルノス～。……じがよめないの」

「そうだったのですね。少し見させていただいてもよろしいですか？」

「うん！」

マルノスが私の隣に座って本を覗き込んでくる。

「予想的観測に過ぎないが鳥類は、獣脚類恐竜から進化したと考える……」

本に書いてある内容を読み上げてくれたが、マルノスはこちらを見た。

「とても難易度が高い本ですね」

「どうぶちゅがかいてありゅから、きになったの」

「そうでしたか。もう少し大きくなったら、読めるようになりますよ」

目を細めて柔らかく微笑んでくれた。

「じゃあ、おべんきょうしゅる。おしえて？」

おねだりするように首を傾げながらお願いをする私に、彼は頬を真っ赤に染めて咳払いをした。

「エル様は……どうしてそんなに可愛らしい表情を浮かべるのですか？」

自分は特別可愛い容姿だということを知っていたけれど、それを武器にしているつもりはなかった。自然と身についてしまった技なのかもしれない。

このまま大人になったらあざといと言われてしまうかもとちょっと心配になってくる。

「わかんにゃいよ、ふちゅうだもん」

困惑しながら答える私の頭をやさしく撫でてくれた。視線を上げて見たマルノスがしっかりと頷く。

「学ぼうとする姿勢が素晴らしいですね。自分でよければ伝授いたします」

「ありがとう」

早速、紙と筆を持ってきて字の書き方を教えてくれる。この世界では紙もペンも高級なものらしいが、ここはすべてのものが揃っていた。恵まれた環境で勉強できることに私は心から感謝をしている。

「ではまず、エル様のお名前を書けるように練習しましょうか」

「あい！」

マルノスはスラスラと字を綴ってくれる。

「なんか、ごにゃごにゃしてるね」

「たしかにそうかもしれませんね。何度も書いていけば覚えることができますよ。エル様はまだ三歳にもなっていないのに字を習おうとするなんてすごいことです」

たっぷり褒めてくれるので私は嬉しくて頬が緩んだ。

見本を真似をしようと思うけど全然うまく書けない。そこでマルノスは私の手を持って一緒に動かしてくれる。

「文字は左から右に向かって書いていきます。まずはこうして、ここで一回丸を書いて……」

丁寧に教えてくれるので、私は真剣に話を聞いて、何度も同じ動きを繰り返す。

「こうかにゃ」

「えーと、もう少し……」

どのぐらい時間が経っただろうか。集中しすぎて私は疲れてしまう。

いっぱい勉強したせいで知恵熱が出そうだ。頬が熱くなって、汗をかいてしまった。

「エル様、あまり無理しないほうがいいです。魔法の練習も頑張らなければいけないので、一気に覚えようとしないでください」

「うん……、でもがんばりゅ」

「また時間ができたら来ますので一緒に勉強しましょうね」

「ありがとう、マルノス」

「こちらこそ楽しい時間をありがとうございました」

彼は予定があるのか部屋を出ていってしまったが、その後も私は、自分の名前を書く練習を一生懸命頑張っていた。

＊マルノス

エル様の部屋を出て剣術の練習に向かう。

王族付きの騎士として何かあった事態に備え、普段から鍛錬には力を入れていた。特に自分は視力があまりよくないので騎士団に入った当初は馬鹿にされたこともあった。

『もしメガネが壊れたら見えなくて守ることができないんじゃないのか？』

悔しくて苦しかったけれど、その分人以上に努力して技術は身につけようと思ったのだ。

棒を持って集中しながら振りかざす。風を切る音が周りに響いていた。

真剣に向き合っているのにエル様の姿が頭に浮かぶ。まだあんなに幼いのに一生懸命勉強をしていてとても偉かった。集中力といえば半端ない。

小さな手で大きな筆を握って見よう見まねで文字を書く。

お世辞にも上手だとは言えないが、頑張って真似をする姿に心が揺り動かされた。

どんなことに対しても一生懸命頑張るしかないのだ。自分は幼いエル様からまた一つ学んだ。自分も負けないで練習に励んでいこう。

エル様を胸に思い描くと体の動きがよくなっていく気がした。

「今日はいつもより調子がよさそうだ」

団長に褒められ頭を深く下げる。

「ありがとうございます」

自分は間違いなくエル様から力をもらっている。これからも彼女のことを守り抜いていこうと決めて練習に励んでいた。

2　美術館ではしゃいじゃいました

今日は社会勉強とのことで、団長と数名の騎士がついてきて、ティナも一緒に美術館に行くことになっていた。

赤いもみじのような色をしたドレスを着せられて、同じ色の帽子も被せてくれた。お揃いの色の靴まで用意してくれ、鏡に映る姿はまるでお人形さんだ。我ながらに可愛いなと見惚れてしまうほど。

最後に瞳の色を変えてお出かけの準備が終わる。

琥珀色の瞳は王族にしか出ないので、気がついた国民が騒ぎ出すかもしれない。それに誰の子供かはっきりしていないため身分を隠す必要があった。

そのため目の色は魔法で変えてもらうのだ。まだ自分でそこまで魔法を使えない私は、ジュリアンにやってもらう。

「何色がいいかしら？」

「うーん……ピンク！」

「ピンク？　グリーンとかブルーとかのほうがいいと思うけど」

「わかった……そうしゅる」

私の目の前に手をかざし手に力をこめると一瞬眩(まぶ)しい光が走った。

「できた。ブルーにしたわよ」

確認するために鏡をみると、雰囲気が違っていた。瞳の色をブルーに変えても、とても可愛らしい！　与えられた容姿に感謝したくなる。きっとお父さんもお母さんも綺麗な顔をしていたに違いない。

「これで安心してお出かけできるね、エルちゃん」

ティナが話しかけてきたので私は大きく頷いた。

支度を終えたところに団長が迎えに来てくれた。

外出用の制服に身を包み護身用の剣を携帯している。太陽に照らされたその姿は威風堂々としておりとてもかっこいい。

私はつい瞳を輝かせてじっと見つめる……が、私の隣から何かを感じて視線を動かす。

ティナの瞳が明らかにハート型になっていた。

ははーん。やっぱり好きなんだなぁ、団長のこと。


ティナと団長と一緒に馬車に乗って出発進行！

久しぶりのお出かけなので、嬉しくてテンションが上がってしまう。

小窓を開けてもらい流れる景色を眺めていた。顔を少しだけ出してみると風に前髪が揺れる。この風が心地いい。

馬の蹄の音がワクワクを加速させる。ふと視線を動かせば、ティナと団長が微笑ましく私の姿を見ていてくれた。

「我が国自慢の美術館に行くぞ」

団長が話しかけてきたので、大きく頷く。

「うん！」

「そこで、エルに約束してほしいことがあるんだ」

真面目な目をして言われたので、私は何だろうと思って瞳を動かした。

「にゃに？」

「美術館というのは静かな場所なんだ。それぞれが絵や美術品を見て心の中で自分の感想を思い浮かべる。だから広い空間だけど走っちゃいけない。大きな声を出してもいけないんだ」

「はーい」

そんなことわかってるもん。

私には前世の記憶が残っているんだから。と、思いつつ、なぜか子供なので突拍子もないことをすることがある。

だって今もこんなに楽しくて仕方がないし、いつも以上にはしゃいでいる。団長が言ってくれなかったら美術館内を走り回っていたかもしれない。

ティナがにこにこ笑う。

「とてもいいお返事だけど、大丈夫かしら？」

「だな。エルは賢い子供だからそろそろいいだろうと思って連れてきたが、多少の心配はあるな」

苦笑いする団長にティナは微笑む。

寄り添って話している姿を見て、私は胸がときめいた。

まるで王子様とお姫様みたい。

二人の周りをお花が取り囲んでいるように華やかな空間になっていて、お似合いだ。

やっぱり彼と彼女が結婚することになればいいのにと密かに思う。

何とかして力を貸してあげることができればいいのだけど、どうするのが最善策か考える。

ティナが自分の気持ちをちゃんと伝えたら、いい結果が待っていそうだけど。

そういえば図書館でおまじないの本を探していた。あれはどうなったのかな？

「ティナ、おまじない、いいのあった？」

悪気もなく質問する私に、ティナは大慌てで頬が真っ赤に染まった。

「エルちゃん、その話は……っ」

「ん？　おまじない？」

団長は興味があるようにティナに視線を向けた。ティナは身を縮こませて返事をする。

「ちょっと叶えたいことがありまして……」

もじもじしている姿を見て、団長との恋愛成就のためのおまじないを探しているのだと思った。そうであれば余計なことを言っちゃったかも。でも、チャンスだから頑張って！

私はティナにテレパシーを送った。

「そうだったのか。では女神様が眠っているというノースマウンテンの中にある泉に今度連れていってあげようか？」

「いえいえ、そこまでしていただくのは申し訳ないです……。団長もお忙しいので」

「俺は構わない。休みの日であれば自由に出かけられるし」

頭を掻きながら耳を赤くしている団長。

イケメンが照れている姿が可愛い！

馬車の中で私は、二人がムズムズした関係でいるところを見て私もムズムズした。

「わぁーーーーーー！」

美術館に到着して馬車から降りて頭を上げる。立派な建物が目の前に広がっていて、思わず歓声を上げてしまった。

「エル、シーだ」

団長が自分の唇に人差し指を当てて、大きな声を出すなと注意する。

あ、そうだった。すっかり忘れていた。大人しくしなきゃね。でも、はしゃぎたくなるのも仕方がない。

だってこの建物すごく立派なのだ。

よく手入れされた庭園がありそこを歩いていくと、彫刻を施された素晴らしい建物が荘厳に構えている。館内に入る前に期待が大きく膨らんだ。

「中に入ったら他のお客さんに迷惑にならないように、静かにするのよ」

「はーい」

ティナに諭（さと）されて私は右手をピンと上げた。

入口で入場料を支払い、中に足を踏み入れる。

ひんやりとした空間で一歩ずつ足を踏み出すとコツコツと足音が響いていた。これは予想以上に静かだ。

まずはじめに人間の彫刻が出てきた。指一本一本、爪まで丁寧に彫刻されていて、私は感動で目を大きく見開く。

「しゅごい」

これがまさに芸術だと感じた。

動物の彫刻もあった。

これは、うさぎさんかな?

もふもふまでちゃんと再現されているなんて、すごいなと思う。

立ち止まって自分の顎に手を当てながら鑑賞していると、頭上から笑い声が聞こえてくる。

どうしたのかと思えば団長は口を押さえて肩を震わせながら笑っていた。

「まるで大人みたいな観賞の仕方だ。素晴らしさがわかるんだな」

「ええ」

団長がティナにヒソヒソ話しかけている。

「やっぱり、動物が好きなんですね」

「ああ、だな」

もふもふしている感じがとってもリアルに表現されているので、思わず触れてみたくなる。

二人が会話に夢中になっている間にロープをくぐり抜けて、彫刻の目の前まで行った。

目を大きく見開いてじっくり見つめる。

「エル！」

急に体が宙に舞い、なんだと思って当たりを見渡す。団長が私のことを抱き上げていた。

「このロープから内側には入ってはいけない」

そんなこと、わかっているはずなのに体が勝手に動いてしまったらしい。前世の記憶があって頭脳は大人なのに、本能には逆らえないようだ。

「展示されているものに触るのも禁止だ。エル、わかったか？」

いつもやさしい団長が少しだけ厳しい口調で言ったので、驚いた私は顔がだんだんと歪んできて大きな瞳から涙がポロポロと溢れてくる。

「泣かせようとして言ったんじゃない。悪かった」

私の背中を擦りながら申し訳なさそうに謝ってくれるけれど、なぜか泣き止まない。やってはいけないことをやってしまった恥ずかしさと、怒られて悲しかったのと、でもやさしくしてくれたのと……。

色んな感情が混ざり合って、泣き止まなくなってしまったのだ。

このままの状態では、美術鑑賞は無理だと判断したようで、入場したばかりなのにすぐに外に出てきた。

手入れされた庭にあるベンチに座らされ、甘いアップルジュースを買ってきてくれる。

私の目の前にしゃがんでいる団長は困った表情を浮かべていた。

「エル、驚かせてごめんな」

悪いのは私なのになぜか団長が謝罪してくる。

「エルちゃん、団長のことを許してあげて」

ティナにもそう言われて複雑な感情が湧き上がってきた。

「あやまらにゃいで」

本当の親なら子供がやってはいけないことをすると、怒るのは当たり前のことだ。だから怒られた時はちょっと悲しかったけれど、自分のことを思ってくれているのだと思えば感謝する気持ちが湧き上がってくる。

だけど団長は、すぐに謝ってきた。やっぱり預かってる子供だと思っている証拠だ。

頬を膨らませながら今度は怒った表情を浮かべる。

もうすぐ三歳になる私の感情は、なんだかややこしい。

「おこってにゃい。ロープにはいってごめんなしゃい」

素直に謝る私を長い腕で抱きしめてきた。

「エル、せっかく楽しみにしていたのにごめんな。俺がちゃんと触っちゃいけないと教えていなかったから」

「だんちょー」

本当の親じゃないけどいつも可愛がってくれているのはわかるから、私はみんなのことが大好きだ。

両手を伸ばしてひっつく。

「仲直りね！」

ティナが両手を叩いて喜んでいる。

私たちは気を取り直して美術館の中にもう一度入ることになった。団長が私のことを抱っこしながら館内を回ってくれる。

勝手にあちこち行かないようにとの対処だろうが、大人の目の高さで美術館を回ることができて本当に楽しかった。

見終わった頃ちょうどお昼時間になり、園内の庭で敷物を敷いてランチを食べることになった。

「はい、どうぞ」

ティナがかごの蓋を開けるとサンドイッチがたくさん入っている。私の大好きないちごジャムが挟まったものもあった。

「やったぁ！」

「エルちゃんはいちごね」

手渡されて手に持つと大きな口を開けて頬張った。もぐもぐと咀嚼して味わう。甘くてとてもおいしい！　満面の笑みを浮かべた。

　団長が野菜サンドを一口で食べてしまう。

「おおきなくち」

「ハハハ、エルの口が小さいんじゃないのか？」

　そう言われるとなぜか私は負けず嫌いの気持ちが発揮され、顎が外れそうなほど大きな口を開けた。

　パクッと食べたのはよかったが、口いっぱいにパンが広がって、なかなか飲み込むのが大変になる。

「おい、大丈夫か」

　団長は慌てて私にジュースを飲ませた。

「エルは意外と負けず嫌いだ」

「そうですね。意志が強いと言いますか……」

　いつも私のそばにいてくれるティナがそう言って笑っていた。


　ランチタイムを終えると私たちはまた馬車に乗った。

　ちょっと注意されて泣いてしまったけど、お出かけして楽しい一日を過ごせた。

　またみんなでどこか行きたいなと思いながら窓から外を見ていると、もふもふさんを発見！

「あーーーーー！」

いきなり大きな声を出した私に二人は驚いている。

「エル、一体どうしたんだ」

「もふもふさんが、あるいてりゅの！」

団長は小窓から確認するようにして覗く。

「あれは犬だな。捨て犬かもしれない」

「しゅてられたの？　かわいそう……」

「確かにかわいそうだけど、全部面倒を見ていたらどうぶつ王国になってしまうだろう」

言っていることはわかるのだけど、どうしても気になって仕方がない。

「……しゅこし、おはなししてきてもいい？」

「帰りが遅くなる」

「お・ね・が・い！」

キラキラ瞳ビーム発動。団長は耳を真っ赤にして咳払いをした。

「……少しだけだぞ」

「団長、エルちゃんに甘いですね、うふふ」

ティナが隣で楽しそうに笑っている。

馬車を止めてくれたので、私は団長に抱っこしてもらって降りた。

白くて大きなワンコだ。

私の体よりも大きくて、白くまさんに見える。

私の存在に気が付くと、尻尾をワサワサと振りながら近づいてくる。ここでも、もふもふに好かれるスキルが発動したようだ。

「かわいい」

手を伸ばして体を撫でると体が汚れているせいか毛が固かった。

《お腹が空いて、困っているの……。何か食べないと死んじゃいそう》

テレパシーが伝わってくる。

「おなかすいてるって」

「困ったわね」

ティナは袋を見て余っているクッキーを出した。

こんな大きな体に、こんな小ちゃいクッキーだとお腹の足しにならないかもしれないけど、渡してみる。

「どーぞ」

食べられてしまうのではないかと思うほど大きな口を開いて、長い舌がぺろりと出てきた。犬さんは、美味しくて感動しているようで瞳をキラキラさせている。

じっと見つめてくるので何を言いたいのか意識を集中させてみた。

《私ね、飼い主に捨てられちゃって。帰るところがないの。あなたの家に住ませてもらえませんか？》

困っているような表情を浮かべた。住む家がないなんて可哀想過ぎる。なんとか力になりたいと思った。

「だんちょー」

大きな目を潤ませて、団長に甘えた瞳を向ける。

「連れて帰るのは絶対にダメだからな」

「えーーーーーーーー!!　かわいそうにゃの」

「さ、帰るぞ」

「だって、しんじゃう」

瞳をうるうるさせて、鼻水をすする。また大泣きしてしまいそうだ。

ワンコのことを思うと、胸が苦しくなってくる。

団長を困らせているのもわかるけど、どうにかしてお家に連れて帰りたい。どうしても連れて帰りたいの……！

「そうは言っても……」

「ちゃんと、おせわしゅる！」

今までに見せたことないくらい真剣な眼差しを向けた。

「本当か？」

「しゅる！　できる！」

団長は本当に困ったようだけど、最後には諦めて頷いてくれた。

「途中で投げ出さないこと。わかったか？」

「うん！」

私は嬉しくてワンコを思いっきり抱きしめた。

嬉しそうにワンコがほっぺをベロベロと舐めてくる。ベチャベチャになっちゃったけど、可愛くてたまらない。

「じゃあ、馬車に乗せよう」

体がとっても大きいワンコなので、馬車の中はギュウギュウ詰め。尾っぽをフリフリするたびに顔にもふもふが当たる。

あ～……至福。

思わずニンマリとしてしまった。寮に戻って洗ってあげたらきっともっとふわふわになるに違いない。とにかくもふもふと一緒に暮らせるのだと思えば嬉しくて気持ちが昂ぶっていた。

楽しく会話をしながら、私たちは身を寄せ合って寮まで戻ったのだった。

大きなワンコを連れて帰ると、使用人や騎士らがビックリしている。

「まぁ……！　このワンちゃんどうしたの？」

使用人がティナに質問し、説明している横でワンコに視線を移した。

外にいたから汚れている。お部屋に行く前にお風呂に入れてあげたほうがいいかもしれない。それよりも空腹に耐えかねているみたいだから、まずは何か食べ物を与えよう。

「だんちょー、ワンワンにごはんあげて」

「そうだな」

「そのあとはおふろ……からだ、きれいきれいしてあげなきゃ」

「あぁ、そうしよう」

団長が使用人に指示してくれている間に、スッチがやってきた。

スッチは大型犬のような性格をしているから、このワンコと気が合うかもしれない。

「エル、おかえり！　わ、この大きな犬はどうしたの？」

「きょうから、かぞくだよ」

「え！　そっかぁ～！　家族が増えるって楽しそうでなんだかいいよね！」

「だよねー」

私とスッチが楽しそうに話していると、ワンコがじっとこちらを見つめている。もしかしてやきもちを焼いているのかもしれない。

にっこりと笑って背中を撫でてやると満足そうな表情を浮かべた。

そこに指示を受けた使用人がご飯を持ってきてくれた。

お腹が空いていたワンコは勢いよく食べる。

「おなかいっぱいたべてね」

食べている姿も可愛い。じっと見つめていると、あっという間に食べてしまった。

その後、庭に連れていく。体を綺麗に洗ってあげて、お花に水をやるホースで体を流した。

ブルブルブルと体を震わせて、水をはじく。体が大きいので周りにいる人たちもビシャビシャになってしまうほどだ。

「きもちよかった？」

「ワン！」

私は満足してピカピカな笑みを浮かべた。

ワンコの体が乾くまで外でのんびりと過ごすことに。

秋だけど今日は温かいから外にいても大丈夫！

ワンコの毛が乾いてくるとやっぱり想像通りふわふわになった。

ナデナデしているとティナがチョコレートクッキーを持ってきてくれる。

「わぁぁぁぁあ！　ありがとうっ」

「疲れたでしょう？　ちょっと休憩しましょう」

手に持つと大きなクッキーだ。甘さが体に染みる。

今日はお出かけをしてワンコを拾って帰ってきて、色々あったからちょっとくたびれた。

眠くなってきて、だんだんと目が閉じてくる。

近くにいるティナが私の体を支えてくれていた。まだ子供だから体力がもたない。もっと遊びたいのに……。


「はっ！」

次に気がついた時、私は眠っていてベッドの上だった。だけど、いつもよりぐっすり眠れたなぁと思って横を見ると、もふもふとした大きな物体がいる。

そうだ！　ワンコと一緒に生活することになったんだ！

夢かと思っていたけど現実だったのだと実感する。

嬉しくて近づいて体をぴったりくっつけるとワンコもくっついてくれた。

出会ったばかりなのに昔から一緒にいるような気持ちになる。

「ワンワン。ずっといっしょ」

「くぅーん」

寝ぼけながら言うとワンコが嬉しそうに、身体をさらに密着させてきた。

「なにがあっても、いっしょ」

「ワン！」

体をスリスリさせてくれる。この子と暮らしていけば楽しいことがいっぱいありそうだ。

夜になって、夕食の時間を迎えた。今日も美味しそうな料理が運ばれてきて、空腹を覚えた。大きな口を開いて食べていると視線を感じる。

体が大きいけれどとてもいいワンコで、私の食べ物は横取りしてこようとしない。ワンコの夜ご飯も運ばれてきた。

「おすわり」

ピシッと座る。

「よし」

言うことを聞いて食べはじめた。ものすごくいい子。

ペットとして飼われていたみたいなので、躾ができているようだ。いい相棒になってくれそう。

ご飯を食べ終わり私は入浴をする。使用人が綺麗に洗ってくれナイトドレスに着替えさせてもらった。

部屋に戻り私の姿を見つけたワンコは、嬉しそうに尻尾を振って近づいてくる。

「よしよし」

頭を撫でると甘えた表情をされるので、胸キュンする。

「あまえじょうずだねぇ」

まるでにっこり笑っているような表情を見せてくれる。

意識を集中させると言っている言葉がはっきりとわかるが、普通に接していれば何を言っているかわからない。それでも雰囲気でなんとなく理解できる。

「じゃあ、おべんきょうしゅるね」

「ワン！」

ペットがいると言葉数が増えた気がする。一人の時間はいつも無言だったので、なんかいい。

私は文字を書く勉強をはじめた。マルノスが教えてくれたことを復習する。難しいけれど少しずつ覚えてきた。

ワンコは伏せして待っている。いつも側にいてくれる存在に、心が穏やかになり、動物と暮らすことってやっぱりいいなと思う。

私には一人になってしまう時間がある。そんな時は両親のことを考えて寂しくなっていた。でも今は、ワンコの存在がとてもありがたい。

しばらく勉強していると扉が開かれた。今日の当番は、ジークだ。

「そろそろ寝るぞ。ってビックリした。犬がいるんだった」

ジークがしゃがんでワンコの頭をなでなでする。ワンコは愛想よく尻尾をブンブンと振った。

「エル、ところでこの犬の名前は何て言うんだ？」

「あ、なまえ！　まだだった」

大事なことをうっかり忘れてた。もふもふと生活できるのだと思うだけで興奮しすぎていたよ。

「俺が考えてあげまちゅか？」

私のことが可愛くてたまらないのか、脇に手を入れて抱き上げてきた。そしてまた赤ちゃん言葉になる。

「ジーク、ワンコがへんな、はなしかただって、ビックリしちゃうよ」

「赤ちゃんとは赤ちゃん言葉ではなちまちゅよ」

「もうあかちゃんじゃないもんっ」

頬を膨らませて睨みつけるが、ジークはとろけたような表情を浮かべる。

「エルはいつまでたっても俺たちの可愛い赤ちゃんだ」

「ちがーう！」

「まあ、そんなに怒るなって」

私を抱いたままソファーに腰を下ろした。

「で、名前どうしまちゅか？」

何度言っても赤ちゃん言葉は治らない。きっと私が大きくなっても彼は赤ちゃん言葉で話しかけてくるような気がする。

普段はどちらかと言うとガタイがよくて、強そうな騎士なのに……。

まずはワンコの名前を考えよう。

じっと見つめると、期待に満ちた瞳を浮かべている。

「うーん」

ペットとして飼われていたなら名前があったはずだ。意識を集中させて会話を試みる。

《たしかに名前はあったけど、私は新しい飼い主さんに名前をつけてもらいたいわ！……というか、ジークさん？　イケメンで強そうな人なのに赤ちゃん言葉なんて笑っちゃうわね》

「どうちまちゅ？」

ジークが話しかけてくる。

彼はワンコに苦笑されていることに気がついていない。

「あかちゃんことば、やめようよぉ」

「いやでちゅ」

もう、諦めるしかないみたいだ。

「そうだなぁ……うーん」

全身が真っ白で、黒い瞳がきらきらと輝いている。見つめているだけで可愛くて顔が緩んできた。

「メスか？」

「うん、おんにゃのこ」

「エルより、体が大きいな！」

ジークが私の頭を撫でてくる。

考えていたのにちょっかいを出してくるから、アイディアがまとまらない。

ワンコといえば日本にいた時の定番は『ぽち』とか『しろ』だが、こちらの世界観にはあまり合わない。

ワンコを見ているとメレンゲに見えてきた。

「メレンにしゅる」

「メレン？」

「メレンゲのようにフワフワしているから」

その答えを聞いたジークは愉快げに笑った。

「おやつが大好きなエルらしいな」

メレンと名付けられたワンコは、喜んでいるようでふさふさの尻尾を振っている。

「きょうから、あなたのなまえは、メレンだよ！」

「ワン！」

名前が決まって、ひとまずおめでたい。

「メレン、これからはみーんな、かぞくだよ！」

「ワン！」

喜びを全身で表現するかのように、明るく吠えた。

「じゃあそろそろ、エルはねんねの時間でちゅよ」

「はーい」

今日は色んなことがあったからもう疲れた。眠くなって目をこすってしまう。

そんな私を大事そうに抱き上げてベッドまで連れていってくれた。

ジークにぴったりとくっついて瞳を閉じると、もふっと大きな感触を感じる。何事かと思って目を開け、視線を動かした先にいたのはメレンだった。

「メレン」

「くぅーん」

大きな体からは想像できないほど、可愛らしい声を出した。一人で眠るのが寂しかったのかもしれない。

「おいおい、狭くなるだろう……」

絵本の読み聞かせをしようとしていたジークが、ほんの少し迷惑そうな表情を向けた。

でも私はメレンに悲しい思いをさせたくない。

ジークに向けて頬を膨らませる。

「なかまはじゅれはダメ」

私に叱られたジークは眉毛を下げて力なく笑った。

「そうだな。エルはやさしい子だ。いい子に育ってくれて俺たちは嬉しいよ。子育ての経験もなかったし、ちゃんとエルを育てられるか心配だったんだ」

大事に育ててくれて本当にありがたいなぁ。

「エルが大きくなるのは嬉しいけど、いつまでも側にいてほしい……」

私に話しているのか独り言なのかわからないようなテンションで話し、絵本を開いた。

きっと世の中の父親はこういう気持ちなのかもしれない。

『むかーし、そのまたむかーし、とってもきれいなお姫さまがいました』

穏やかな声で絵本を読んでくれ、だんだんと心地よくなっていく。

その後、私は眠りの世界に入っていったのだった。

＊＊＊

メレンと一緒に暮らすようになってから、幸せな毎日を送っている。

相方のようにいつも一緒。もふもふライフを満喫中（まんきつちゅう）だ。

メレンが迷子になっても見つけられるように、騎士団長が専用の首輪を用意してくれた。

首輪には、私が好きな色を使ってくれていて、ピンク色でキラキラな宝石がついている。首輪の裏側には誰のペットかわかるようにサインも書かれていた。

魔法の練習をする時も、字のお勉強をする時も、おやつを食べる時、寝る時、いつも一緒。お風呂は入口で待っている。もしかしたら番犬のような気持ちで私のことを守ってくれているのかもしれない。

目が覚めるととても天気のいい朝だった。朝食を終え、ティナが私の着替えをしながらやさしく話しかけてくれた。

「コスモスがきれいに咲いているそうよ」

「こしゅもしゅ！」

メレンも隣で話を聞いて、楽しそうに尻尾を振っている。

準備を終えて早速庭に行く。

近くを歩くだけなので、今日は騎士はついてこないみたいだ。

奥の森には、サタンライオンがいるからダメだと言われてしまうけど、建物のそばであればティナとだけでも散歩していいと言われていた。

運動も兼ねてテクテク歩きながら花を観賞する。

少し早めのコスモスが咲いていてとても可愛らしい。私の大好きな色のピンクがいっぱいある。

「ピンク～！」

「エルちゃんの好きなピンク色のコスモスがいっぱい咲いているわね」

秋の花もとても好きだ。

雪が降ってしまうと花が見れなくなるのでちょっと残念だけど、メレンと雪遊びするのも楽しみである。

メレンが来てから、やってみたいことが増えた。

愉快な気持ちでついつい走りすぎた私は、途中でバランスを崩して転んだ。

「エルちゃん！」

ティナが慌てて走ってきて怪我をしてないか確認する。ついついおてんば娘になってしまう。

「大丈夫？　どこも打ってない？」

「うん！　でも、ちゅかれてもうあるけにゃい」

瞳を潤ませて訴える私に、ティナは困った表情を浮かべた。

「あら……じゃあ、抱っこして戻りましょうか」

抱き上げようとするが、体が成長してきているので大変そうだ。メレンが私の隣で伏せをした。

「ワン！」

「え？　せなかにのってもいいの？」

「ワン！」

私の体よりも大きいので乗っても大丈夫だと思うけど、本当にいいのかと躊躇する。しかしメレンは『早く乗って』とでも言いたそうにしているので、試しに乗ってみることにした。

背中にまたがり、首輪をしっかりと掴む。緊張で心臓がドクンと動いた。

私が落ちないようにゆっくりと立ち上がる。いつもより景色の見え方が違う。

「わぁ！」

視界が急に広がった気がしてテンションが上がり歓声を上げた。

まずはスピードを落として歩きはじめた。はじめはバランスをとるのが難しかったけれどすぐにコツを掴んで快適に乗ることができた。

少しだけ空が近くなったような気がして天に向かって手を伸ばす。その様子を見てティナがやさしい笑顔を向けてくれる。

私がメレンと一緒に楽しく過ごしていると、空を飛んでいた鳥さんたちが近づいてきた。そして私の頭に止まって、囀ってくれる。もふもふと散歩しながらとても癒されて幸せな気分だ。

「メレン、たのちぃよ！」

「ワン！」

「ピヨ！」

ご機嫌よく会話をしながら進む。

色とりどりの花が咲いていたり、小川があったり。秋に向かっているこの国は、葉がだんだんと紅葉に変わろうとしていた。

時折、吹く風が気持ちいい。もふもふしたメレンの背中の上から見る景色はいつもと違い格別だった。

散歩を終えてテラス席までやってくる。テーブルにはお菓子セットが用意されていた。

張り切って散歩をしたのでお腹が空いてしまった。

ナイスタイミングでお菓子を出してくれていることに喜びがあふれる。

メレンから降りて椅子に座った。

今日はイチゴジャムがたっぷりかかったパンケーキ。ふわふわしていて、見るだけでも美味しそうで、よだれが出てくる。

「メレンのおやちゅもつくってあげたいなぁ」

自分だけ食べるのが申し訳なくなってそんなことをつぶやく。人間のおやつはワンコには味が濃すぎてしまう。

どういうものを作ればいいのか。頭の中でパソコンの画面を思い浮かべた。私が固まってしまったので周りにいる人たちはどうしたのかときょとんとしている。

私はこちらの世界に転生する時に、もふもふに好かれることと美味しいお菓子を作れるスキルをもらったのだ。なので頭にパソコンの画面を思い浮かべてレシピを検索することができる！

そんなことを言っても誰も信じないので、人には話したことがない。

検索バーが出てきて、『犬　お菓子』とキーワード入れた。色んなメニューが出てきたけれど、美味しそうだと思ったのがかぼちゃクッキーだ。

「かぼちゃクッキーどう？」

ティナに提案すると首を傾げている。

「かぼちゃとコムギコ、オイルでできるよ！」

堂々と説明する私に困惑の表情を浮かべられてしまった。

「エルちゃんは、どうしてそんなこと知ってるの？」

「うーん、にゃんとなく」

うまく説明できないのがもどかしいけれど、今は隠しておくほうが安全だと思ったので適当にごまかす。

一方でメレンは自分にお菓子を作ってくれるのだと思って嬉しそうに尻尾を振っていた。今すぐには作ってあげられないけれど、秋なのでかぼちゃはたくさん採れるはずだ。

おねだりして調理場に連れていってもらい、お菓子を作る担当者になんとか許可を取り付ければ……。

「ね！　ちょうりばいきたい」

「そうは言っても突然は無理よ。お菓子を作るのを見るのが大好きね。また今度お願いして連れていってあげるから」

「ことりカフェのおやちゅかんがえりゅの」

「わかったわよ。まずは、おやつを食べてね」

「あーい」

右手をピッと上げていいお返事をしてから、手にフォークを持った。

パンケーキを口に入れると、ふわふわしていてとても美味しい。メレンゲをたっぷり作って入れてくれたみたいで、口の中に入れるとすぐに溶ける。

その様子をメレンが羨ましそうに見ていた。いたたまれない気持ちになりながらも、私は大事に一口一口、口に運んでいく。

「あまくて、いちごそーす、さいこうだよ！」

つい美味しくて食レポみたいなことをしてしまった私に、ティナはやさしく笑いかけてくれた。

メレンと一緒に散歩をして、とっても美味しいパンケーキまで食べさせてもらい幸せな一日だった。

「エルちゃん、そろそろ誕生日ね。盛大に誕生日パーティーを開いてくれるみたいだから、新しいドレスを作ったらどうかなって提案されているの」

「ドレス！」

ドレスはやっぱり女の子は大好きだ。レースがついていて、キラキラしていて、とても可愛いから。私のためにドレスを作ってくれるなんてとても楽しみで、期待に満ちた瞳を浮かべた。


次の日、早速調理場に連れていってもらえた。お菓子チームのリーダーのミュールに久しぶりに会う。

できる時はことりカフェを月に一度程度開いている。その時はミュールに力を借りてお菓子作りをしていた。私が作りたいお菓子を提案すると、ミュールがその話をしっかり聞いてくれて実際に作ってくれる。

私はこのお菓子を作る時間が大好きでたまらない。

「こんにちわ！」

元気いっぱい挨拶をするとミュールがしゃがんでにっこりと笑ってくれる。

「エルちゃん、久しぶりね」

「うん、おいちいおかしちゅくる」

「今日も美味しいお菓子を一緒に作りましょうね」

私のことを見て本当に可愛いという表情をして頬を染めている。

ミュールも白にフリフリのレースがついたエプロンをしていてとっても可愛らしい。私がそのエプロンをかなり羨ましがったことがあって、私のサイズに合わせて小さなエプロンをわざわざ作ってくれた。

調理場に入るとまずはエプロンをつける。さすがに食べ物を作るところなのでメレンは一緒に入ってこれない。ふさふさの毛が入っちゃったらちょっとまずいから。部屋でお留守番をしてくれている。

「あのね、メレンのおかしもちゅくりたいの」

「ワンちゃん用のお菓子？」

この世界では動物用にお菓子を作るという文化がまだまだないらしい。とても驚いたような表情を浮かべている。日本にいた頃はペットショップがあって普通に売られていたのに。

「そうだよ！」

「エルちゃんはやさしいのね」

「ワンコといっしょにおやちゅたべたいの。それでね、かぼちゃのクッキーがいいとおもうの。ワンコは、あまりおしおとおさとうはちゅかわないほうがいい」

興奮して思わず一気に説明する私にミュールは驚いて目を見開いていた。

「ワンコはおはながいいから、あじはこくしちゃだめ」

「そんなことまで知っているのね。エルちゃんは物知りなのね」

「騎士団の皆さんが色々話を聞かせてくれているようなので、覚えるんだと思います」

ティナがフォローしてくれたおかげで私は助かったと思った。

私が頭にレシピを思い浮かべながら指示をすると、そのように作ってくれる。

あっという間にメレンのクッキーが焼きあがった。

これを持っていけばきっと喜ぶだろう。

人間が食べる用の甘さと塩分を加えたクッキーも作った。

調理場には甘くていい香りが漂っている。

かごに乗せると見栄えもいい。

思わず手が伸びるところだったが、全部食べてしまいそうなので我慢をした。

私は可愛らしいエプロンをつけてもらっているので、そのまま庭へ向かった。

ことりカフェを外で開催するのも、だんだんと寒くなってきたので、今年は今月で終わりだ。ちょっぴり寂しい気持ちになった。

テーブルと椅子をセットし使用人にお茶も準備してもらう。いつも声がけしてある小鳥さんたちも続々と集まってきた。

「リボンっ」

私が小鳥に向かって手をかざし魔法を込めると頭や首にリボンがつく。立派な店員さんの出来上がりだ。

騎士たちを呼んでもらい私は待っていた。全員がぞろぞろやってくる。

「エル、準備ありがとう」

団長が私の頭を撫でた。

「エル、楽しみにしていたぞ」

ジークがにっこりと笑みを向けてくれる。

「エル様、今日はどんなお菓子を作ってくださったのですか？」

マルノスが柔らかな笑みを浮かべて中指で眼鏡をあげた。

「エル～お腹ペコペコだよ」

スッチが会話しているところに割って入ってくる。

「みんな、しゅわってくだしゃい」

全員が腰を下ろすと、華やかな雰囲気になった。

メレンにもかぼちゃのクッキーが用意される。まさかもらえると思っていなかったようで尻尾を振って喜ぶ。

「メレン、まて」

私の隣にぴったりとくっついているメレンを見て、団長が笑う。

「すっかりと家族の一員になったようだな」

「ワン！」

メレンが返事をするように吠えた声が青空に声が響いた。

「メレンもエル様の手作りのクッキーを食べさせてもらえるなんて幸せですね」

マルノスが柔らかい笑みを浮かべている。

「よし！」

じっと待っていたメレンは勢いよくクッキーを食べはじめた。美味しくてたまらないのか尻尾のフリフリが止まらない。瞳をキラキラさせてこちらを見ていた。

「メレン、かわいいね」

騎士のみんなも相変わらず美味しいと喜んでくれている。作ったほうとしてもこうやって喜んでくれるのはすごく嬉しい。だからまた作ろうと思うのだ。

穏やかな空気が流れているなか、ことりカフェを開催していた。噂を聞きつけた野生の動物たちが集まってくる。

みんな私に会いたいと言ってくれるのだ。それを聞いて、もふもふに好かれるスキルを持ち合わせているからだろうと思った。

（最高な能力を与えてもらった！）

楽しく過ごしているとうさぎさんがやってきた。私に軽く挨拶をした後すぐにマルノスのところへ行ってしまう。瞳をキラキラさせて可愛い顔をする。

「可愛いうさぎさんですね」

頭を撫でてほしそうにするので彼は手を伸ばした。うさぎさんは頭を傾ける。その姿があまりにも愛らしい。

撫でられたうさぎさんはうっとりしたような表情を浮かべていた。

あのうさぎさんはマルノスのことが好きなのだ。

何を考えているのか意識を集中して聞いてみる。

《マルノスさん、今日も本当に素敵！》

あ、やっぱり、マルノス推しか！

シートに腰を下ろした彼の膝の上にちょこんと座る。

「マルノス、好かれているね！」

スッチが明るい声で話しかけると、彼はまんざらでもないように柔らかく笑った。

いつも私のことを見つめてくれる目が違うところを向いている。そのことになんだかメラメラと嫉妬心が湧き上がってきた。

「マルノス……！　もっとクッキーたべて」

彼に近づくと手を差し出してくれた。

「エル様、ありがとうございます」

うさぎさんを膝に抱いたままクッキーを食べて咀嚼する。

「とても美味しいです」

笑みを浮かべてくれるけどなんだか距離が遠いような気がして寂しい。ちょっぴりふてくされて、私は敷物にちょこんと座った。その様子を見た団長が笑っている。

「だんちょー、なんでわらうの？」

「エルはマルノスのことが好きなんだなと思って」

そう言って笑みを浮かべられたので恥ずかしくなって頬が熱くなるのを感じた。こんな気持ちになったことはない。いつも私のことを見てくれているのに見てくれないような気がして悲しくなってくる。

「エルー！　僕がいるからそんなに寂しそうな顔しないの」

スッチがニコニコしながら話しかけてきた。たしかにみんな可愛がってくれるけどなぜか心がもやもやするのだ。

「マルノスがいいのか。気に食わん」

今度はジークがムッとした表情を浮かべている。

面白くない表情を浮かべている私に、メレンが頬をペロペロと舐めてくれた。

それでだんだんと気持ちが落ち着いてきたけれど、うさぎさんはまだマルノスから離れない。

「マルノス、エルが寂しそうにしているぞ」

団長に言われてはじめてマルノスは気がついたようだった。

「うさぎさん、今度はエル様を抱いて差し上げるので降りていただけますか？」

うさぎさんは残念そうな顔をしている。

敷物に降ろすとマルノスが両手を広げてきた。

「エル様、寂しい思いをさせて申し訳ありません」

前世の私の記憶が頭の中を駆け巡る。私は敬語や眼鏡キャラが好きだった。

きっとその時の気持ちがどこかに残っているのでマルノスに執着してしまうのかもしれない。

両腕を伸ばしてくれるけれど素直に胸に飛び込んでいけない。いつから私はツンデレキャラになったの？

もじもじとして、その場から動けなかった。

「エルちゃんらしくないわね」

ティナが私の反応を見て笑っている。

なんだか落ち着かなくて私はあえてティナの胸にしがみついた。背中を撫でてよしよししてくれる。

「あー、マルノス嫌われたね」

スッチがからかうように言うと、マルノスは残念そうな表情を浮かべている。

「……とても残念でございます」

悲しそうな顔をされたら、罪悪感が湧いてきた。でも、うさぎさんばかり可愛がっていたマルノスが悪いんだもん。

落ち込んでしまった中、ことりカフェは終了した。嫉妬するなんて私が成長した証拠なのかもしれない。

その夜の担当はマルノスだった。

今日はカフェがあったから少々疲れた。

まだまだ子供だから体力が足りないのだ。

勉強があるのに、ウトウトしてしまい、気がつけば眠りの世界に入っていた。

＊マルノス

今日のことりカフェも楽しかったなと思いながら、エル様の部屋に向かって歩いている。しかし今日はなぜかエル様に嫌われてしまった。

自分がうさぎを抱いていたせいかもしれない。

もしかしたら嫉妬してくれたのだろうか？　そう思うと嬉しさがこみ上げてくる。そしてエル様に対して愛情が溢れた。今晩仲直りできたらいいのだが……。

緊張しながら部屋に行くとエル様は机の前に座って、勉強しながら眠ってしまっているところだった。教えたことを繰り返し練習していたようだ。

メレンが近づいてきて尻尾をワッサワッサと振っている。

「メレンがエル様のことを見守ってくれていたんですね」

ハァハァハァと息を吐き出している様子からして、興奮しているようだ。

さすがエル様が連れてきた犬だ。人懐っこくて可愛らしい。頭を撫でてやると喜んだような表情を浮かべられた。

エル様の寝ている顔もとても美しくてうっとりしてしまう。しかし、このままでは風邪を引いてしまうと思ったので、そっと抱き上げてベッドに寝かせようと思った。

目をぱっちり開いて自分の顔を見た途端にっこりと笑う。なんて可愛らしいのだ。胸に熱いものが広がる。

「マルノス、じのれんしゅうしたんだよ、みて」

「ええ、拝見させていただきます」

一生懸命頑張った形跡が見られる。

「エル様、頑張りましたね」

やさしく頭を撫でると嬉しそうに笑うのだ。この幸せな時間が永遠に続けばいいと思ってしまう。

「うん！　マルノスがおしえてくれたから」

「エル様……」

感動して思わず泣きそうになってしまった。しかしここで泣いたら驚かせてしまうので笑みを浮かべる。

昼間は冷たい態度を取られてしまったが、今はこんなにも懐いてくれてすごく嬉しい。

「もっと、がんばりゅね」

「ええ。あんまり無理しないでくださいね」

「わかった」

「では、眠りましょうか」

「あーい」

彼女を抱き上げてベッドに寝かせた。

メレンも一緒にベッドに入ってきたので少々狭かったけれど、エル様と仲直りできたような気がしてすごく幸せだった。

3　ワンコに驚かされました

ぐっすり眠って目が覚めるとティナが部屋に入ってきた。着替えを済ませて朝食を楽しみに待つ。今日の朝ご飯は何かな～？

何気なくメレンに視線を動かすとぐったりとしているように見えた。

「どーちたの？」

「クゥン」

いつも元気いっぱいのワンコなのにどうしたのだろうか。風邪でも引いちゃったかな。

ちょっと気になったけど、朝食が運ばれてきたので、私は食べ物に気を取られた。

今日は朝からパンケーキだ。

やったぁぁぁあ！

お手製のイチゴジャムがたっぷりと塗られていてとても美味しそう。

大きな口を開いてパク。

「んーおいちい」

ほっぺたが落ちそうになり手で押さえる。そんな私を見てティナが愛おしそうに笑っている。

「美味しい？」

「うんっ、あさからしあわせ」

「うふふ」

スープは野菜の甘みが溶けていて最高！　朝からお腹いっぱい、大満足だ。

これから魔法の練習をしなければいけない。

めんどくさいなと思いつつ、メレンの様子を見たらやっぱりおかしい。呼吸が苦しそうなのだ。

「メレン！　だいじょうぶ？」

「どうしちゃったのかしら？」

私とティナは心配しながら様子を見ていると、メレンが力みだした。

「え、うんち？」

「こら、こんなところでしちゃダメよ」

ティナが注意するといつも言うことを聞くのに、まったく聞く耳を持たない。私の大切なお部屋がうんちまみれになってしまう。それだけは絶対に嫌だ。

「メレン、おしょといくよ」

一生懸命話しかけているのに反応してくれず、苦しそうにしているのだ。意識を集中させて何を考えているのかわかろうとするが、それすらもできない。

困った私はメレンの背中に手を当てて擦ってあげる。

「ぐあいわりゅいのかも」

「そうね。どうしましょう。お医者さんを呼んだほうがいいかしら？」

「そうだね……ええええええええ」

ここでしてはいけないというのに、メレンはしてしまった。思わず私は大きな声をあげてしまう。

「メレン！　うんぴ、しちゃ……え！」

うんちが動いている。

幻でも見ているのかと目をごしごしと擦った。

そしてメレンは続けて踏ん張る。

間違いなく、ゴニョゴニョと動いている。キュルルルルって鳴き声も聞こえてきた。

これは、うんちじゃなくて……。

「ティナ、うんちじゃない」

「え？」

私の言葉を聞いてたしかめるようにおそるおそる近づいて眺めてみる。

「赤ちゃんだわ！」

「えええええええええええ！」

なんと驚いたことにメレンはお腹に赤ちゃんがいたのだ。

うんちではなく赤ちゃんを出産した。

今のところ二匹生まれてるけど、まだ出産は続いているようだ。ワンコって一度に何匹くらい産むのだろう？

パニック状態になりながら出産を見守っていると、団長が部屋に入ってきた。

「エル、おはよう」

「だんちょー、あかちゃん」

「え？」

興奮状態の私を見てキョトンとしている。

ティナがわかりやすいように説明し、話を聞いた団長は目が飛び出そうになっていた。

「なんだって。子犬が増えるということか？」

「どうやらそうみたいです」

まだ産まれたばかりの子犬は濡れていて、もふもふには程遠い。

でも小さな口を一生懸命開いて鳴いている。命の大切さを目の当たりにした気がして私は泣きそうになった。

メレンはまだ苦しそうにしている。

「メレン、がんばれー」

最後の力を振り絞っているようだ。そして、最後の一匹を産み落としメレンは安堵の表情を浮かべたように見えた。

結局五匹の子犬を産んだ。

小さな子犬たちは、メレンのおっぱいに近づいて一生懸命お乳を飲んでいる。メレンはすっかり母親の顔になっていた。

「まさか妊娠していたとは……」

「ですね」

団長とティナはあまりにも驚いているようで正常な判断ができないようだ。

そこに魔法の練習になかなか来ないので、ルーレイとジュリアンが迎えにきた。ところが状況を理解し固まっている。

「ぬのと、おちちゅけるはこもってきてあげて」

出産したばかりのメレンはきっと疲れているだろう。

ふかふかしたものを敷いてあげて、四方が覆われている箱の中でリラックスしたほうがいい。

私がお願いすると、ティナがハッとしたような表情をして立ち上がった。

「そうね、まずはせっかく生まれてきた命が無事に育つようにちゃんとしてあげないとね」

そう言って廊下に出ていく。

「まほうのれんしゅうは、おやしゅみ」

練習しない言いわけができて私は内心にんまりとする。

ルーレイとジュリアンは目を見合わせた。

「まぁ、今日は緊急事態だから仕方がないわね」

「そうね。エル、次回から頑張りましょうね」

笑顔を浮かべてしゃがんだルーレイとジュリアン。

子犬を見て、とろけるような表情を浮かべている。

「赤ちゃんって可愛いわね」

母親にくっついてお乳を飲んでいて安心した表情をしている子犬たち。見ているだけで癒やされてくる。

「あかちゃん、ちいさくて、かわいい」

私は思わず、つぶやいた。

「エルだって、ここに来た頃はすごく小さかったんだからな」

団長に言われて頬が熱くなる。

前世の記憶はあったけどこの世に誕生した時は、体はすっかり赤ちゃんで……。騎士のみんなと寮の使用人たちのおかげでこんなに大きくなれたのだ。

もっと赤ちゃんの頃は感情がうまくコントロールできなくて、泣いて迷惑をかけてしまったことを思い出し恥ずかしくなった。

「おまたせ」

ティナが大きな箱に布を敷き詰めて持ってきた。メレンの近くに置いてやると中に入った。子犬を近くにおいてあげると安心しているみたいだ。

「メレンよかったね」

「ワン！」

子犬たちも大きくなってもふもふしてくるのかと思ったら楽しみで仕方がない。

私のもふもふ生活はバラ色に満ちているのだ。

想像してニコニコしていると団長が心配そうに顎を擦っている。

「こんなに飼うことはできない。里子にでも出すか」

「えー……いやぁあ」

涙目で訴える。でもこんなにたくさんいたら大変かもしれない。団長が心配しているのはわかる。

しかし私にはもふもふに好かれるスキルがあるのだ。それを利用すればみんないい子に育ってくれるだろう。

「わたしがおせわしゅる」

「赤ちゃんが赤ちゃんのお世話をするようなものだぞ」

「あかちゃんじゃないもん」

ほっぺたをぷくっと膨らませて怒ったのに、みんな笑みを浮かべるから、私もつられて笑顔になった。

あらためて子犬に視線を移す。今はまだ弱々しいが元気に成長してくれることを願うばかりだ。


私はずっと付きっきりで子犬たちのことを見ていた。

生まれたばかりの子犬は命を失ってしまうこともある。とにかく保温をしてお母さんからのおっぱいをもらって栄養をつけなければいけない。

私の部屋でワンコたちはしばらく生活することになった。

遊びに行くこともおやつを食べることも忘れて一日中部屋で過ごした。そんな私の様子を見てティナは「本当に動物が好きなのね」と言っていた。

今日の夜の担当は、スッチ。

「可愛い赤ちゃんたちだね」

箱の中を覗き込んでやさしい顔をしている。

「ねんねさせないとダメだから、しー！」

元気いっぱい話している彼に向かって私は人差し指を唇に当てて、静かにするようにジェスチャーをした。

「そうだね、寝かせてあげないといけないか」

あまり刺激をしないようにして箱に布をかけた。

私も一日中神経を使っていたので疲れたみたいですぐ寝た。


次の日、目を覚ましてベッドから抜けて箱を覗き込む。

五匹の子犬たちはみんな無事で元気に育っているようだ。胸を撫でおろす。

「メレンおはよう」

メレンに意識を集中させると彼女の声が聞こえてきた。

《エルちゃん、赤ちゃんたちは順調に育っているわよ。お世話してくれて、本当にありがとう》

昨日は出産間際で大変だったから、意思の疎通が図れなかったけれど、今日は心の声を聞くことができて安心する。瞳をキラキラと輝かせて笑っているようだった。

さすがに何日も魔法の練習を休むわけにはいかないので頑張って練習する。だけど子犬たちのことが気になってすぐに部屋に戻ってきた。

目をつぶってお母さんのお乳を飲んで幸せそうだ。この子たちのことを一生守っていきたいと心に誓っていると、団長が入ってきた。

「エル、順調に育っているようだな」

「うん！」

「本当に一緒に暮らしていくつもりか？」

「そーだよ」

心配そうにしているが、私のもふもふに好かれるスキルを侮ってはいけない。そんなこと言えるわけもなく、笑顔を向けることだけしかできなかった。

「しかし、やはり五匹飼うのは多すぎる。二匹は里子に出すしかないと思っている」

「えーー……」

あまりわがままを言ってはいけないと思っているけれど、離れてしまうのは悲しくて涙が出てくる。

「グラシェル国王陛下に相談をしたら、二匹をリーリア王女が飼育してくださるとの話になったんだ」

「そうなんだ。それなら、たまにあえりゅかな」

「あぁ」

生まれてからずっと寄り添っているきょうだいたちを引き離すのは可哀想だが、お世話と思う。

をすることを考えると仕方がないのかもしれない。それに王宮で育ててもらえるならいい

「一週間ここで育てたら、引き渡すからな」

「……うん」

リーリア王女なら、大切にしてくれるだろうから心配ない。

「エルちゃん、お菓子を食べましょう」

ちょっぴりしんみりとした空気を変えるように明るい声が入ってきた。

ティナが部屋にクッキーを持ってきてくれたのだ。

「だ、団長、いらしゃったのですね」

団長がいると思わなかったみたいで驚いて頬を赤く染めている。

「あぁ、二匹をリーリア王女に引き渡す話をエルにしに来たんだ」

「そうでしたか」

ティナは心配そうに私を見たが納得しているようなのがわかったようで頷いた。

「エルちゃん。食べましょう」

「うん、ありがとう」

メレンのそばでクッキーを食べようとしたけれどお行儀が悪いと怒られてしまう。

仕方がなく私は椅子にちゃんと座ってお菓子を食べはじめた。

お菓子は美味しいけど犬のことが気になって仕方がない。

私は口に入れて食べているのにぽろぽろと下に落としていた。

メレンは母親として子供たちを守ろうと必死のようで、絶対に触れさせてくれない。

「よそ見しないで食べて」

「うん」

上の空のような返事をすると団長が笑っている。

「エルはよほど動物が好きなんだな」

「そうですね」

急いで食べ終えてから、またメレンに近づいた。

子犬は毛が乾いていて、もふもふしているようだ。ぜひ触ってみたい。

「赤ちゃんって、可愛いわね」

おもむろにティナが子犬に触れようとしたら、メレンは牙を向ける。

「ぐぅー」

「メレン、うなっちゃだめ」

私が怒るとメレンはシュンとした表情をする。子供を守るために必死なのだろう。でも人間と一緒に住むのだから人間に恐ろしい思いをさせてはいけないのだ。

「気が立っているんだろうな。そっとしといてやれ」

騎士団長に言われて私はちょっと距離をあけることにした。

いつも一緒にいたメレンと離れなければいけないのは、ちょっぴり寂しくて拗ねたい気持ちになった。

もふもふスキルを発揮していれば嫌われることはないと思ったけど、出産したばかりの犬は気が立っているのだ。

もう少し落ち着いたら、きっと仲よくなれるだろうから我慢しなければ。

「エルちゃん、もう少しで三歳のお誕生日ね。誕生日パーティーのドレスが届いたんだけど試着してみない？」

「うん……」

いつもならすごく嬉しいことなのにちょっぴり元気が出ない。

ティナと衣裳部屋に移動すると、ピンク色のドレスが用意されている。キラキラと輝いていてビーズが縫い付けられていた。

「かわいい、どれしゅ」

「そうね。エルちゃんのために作ってくれたのよ」

試着してみると体のサイズにピッタリだった。

「誕生日パーティーでは大きなケーキを食べさせてくれるはず。楽しみね」

でも三歳になったら宝石を探す旅に出てほしいと言われているので、あまり気が向かない。魔法の勉強が難しくてあまり覚えられていないのだ。もっと一生懸命頑張らなきゃいけないと思っている。

「団長にも見てもらいましょう」

外で待機してくれている団長に見てもらうため部屋から出た。私の姿を見て彼の瞳が輝く。いつもかっこいいけれどより一層素敵に見えた。

「よく似合っている」

「ありがと」

三歳になったら宝石を探しに行かなければいけないという話になっている。私が不安に思っていることをティナが団長へ説明してくれた。

「そうか。……たしかにまだちゃんと喋れないし呪文も言えない。俺たちから離れて旅に出るのはまだ早すぎる気がするな」

ほぉう。

理解してくれたことに安堵した。

魔法石を早く見つけることができればサタンライオンの呪いを解くことができるだろうけれど、私にはまだ自信がない。

もう少しゆっくり成長していきたいので見守っていてほしい。

ゼンイット……サタンライオンとして生きているみんなを思うと胸が痛むけど、ちゃんと成長してから宝石を探す旅に出たい。

「国王陛下に相談させてもらおう」

「やったー」

あからさまに喜ぶ私は見て、団長は苦笑いをしている。

国王陛下もなんとか理解してくれればありがたいなぁ。

＊　＊　＊

子犬が産まれて一週間が経過し、五匹のうち二匹がもらわれていくこととなった。メレンは寂しそうにしていたけれど、私がちゃんと説明をする。

可愛がってもらえるから安心して。

リーリア王女は愛情深い人だと説明して、納得してくれたようだった。

可愛いワンコたちと離れてしまうのはちょっと寂しかったけれど、あっという間に連れていかれてしまった。

「しゃみしい」

「またすぐに会えるから大丈夫よ」

ティナが私の背中を擦って慰めてくれる。

まだ三匹子犬がいる。

寂しがっている暇もなく、この子たちのお世話をして成長を見守っていかなければならないのだ。

日に日に成長していて、一匹ずつの特徴が出てきた。目がくりくりしている子。目が垂れている子。体がちょっぴり大きい子。どの子ももふもふしていてたまらない。

私がどうしても一緒に暮らしたいと泣いてお願いしたので、騎士のみんなは会議を開いてくれたそうだ。この三匹はここで飼うことになった。もふもふたちの成長が楽しみでたまらない。

ブラッシングを頑張ってしよう！

ちょうどおやつタイムになったので私はテーブルについた。足をブランブランして今日のお菓子は何かなと楽しみに待っていると、ジークが様子を見に来てくれた。

「エル、犬の数が減って寂しいだろ？」

「うん……。でもだいじょうぶ。またあえりゅ」

にっこりと笑うと私の顔が可愛かったのかジークは頬を真っ赤に染めた。

今日のお菓子が運ばれてくる。かぼちゃのケーキだ。

「やったー」

美味しそうなものを目の前にしてついテンションが上がってしまう。

フォークでケーキをさして口に運んだ。噛めば噛むほどかぼちゃの甘い味がしてとても美味しい。

「うまいか？」

「うん、ほっぺおちりゅ」

嬉しくて思わずにっこりとしながら言うと、ジークが楽しそうに笑ってくれた。

私は美味しさのあまりあっという間に食べてしまう。

お腹いっぱいになり、だんだんと眠くなってくる。

「ところでエル。一緒に暮らす子犬たちの名前はもう決めたのか？」

「そうだった！」

どの子が連れて行かれるかわからなかったので、名前を決めるのはまだやめておこうと思ったのだ。

ワンコたちに視線を動かすと楽しそうにテクテクと歩いている。犬同士でじゃれ合っている姿を見るのも可愛くて仕方がない。

「どうしようかな」

「まったく見分けがつかないな」

ジークはしゃがんで子犬たちを見てつまらなさそうにつぶやいた。私はその言葉を聞き逃すことなく彼に顔を向けて頬を膨らませる。

たしかにそっくりだけど、一匹一匹特徴があるのだ。

「ちがうよ」

目を凝らして見ているけれど、彼には違いがわからないらしい。私とジークの会話をティナがケラケラと笑う。

「そっか？」

こちらの世界にも漫才のようなものがあるらしい。

「二人の会話を聞いていたらまるでお笑いの舞台みたいね」

「ティナ、笑うな。俺は本当にわからないんだ。そんなことを言ったらまたエルに叱られてしまうな」

肩をすくめている。

見た目は似ているけれど一気に三匹も名前を付けなければいけないので、わかりやすいやつがいいと思った。

私は頭を捻らせて考える。メレンはメレンゲのようだったからそう名付けた。この子たちも真っ白なので、関連付けたような名前にしようかと思ったけれど、白いものがあまり思いつかない。

わたあめ、アイスクリーム……ってあまりにもセンスがない名前なので私は心の中で苦笑いをしていた。

「エル、思いつかないのか？」

「んードレ　ミファ　ソラにする！」

「音階か？　いいじゃないか、わかりやすくて。でもどうして、まだ幼いエルがドレミファソラシドを知っているんだ？」

不思議そうな目を向けられて私は焦った。

まさか前世の記憶があるなんて言えるはずもない。今まで子供として育ててきたのに頭脳は大人だと知ったら彼らはとても驚いてしまうだろう。

「お、おちえてもらった」

「誰に？」

「だれだったかにゃ？」

笑って何とかごまかそうとするが今日のジークはとてもしつこい。

「エルって子供なのに妙に子供らしくないところがあるんだよな。赤ちゃんの頃からそうだった。何か秘密を持っているんじゃないか？」

「えっ？」

薄々感づかれているのかもしれない。

万が一バレてしまったら……。

今までの生活がなくなると思い心臓がドキドキとしてくる。ジークの隣でしゃがんでいた私はただニコニコしてやりすごした。

「エル……」

「困っているからやめてあげてください」

ティナが止めに入ってくれた。ナイスタイミング！

「誰に習ったか気になったんだ。エルに知識を教える役目は俺がいいからな。話によるとマルノスから字の書き方を習っているそうじゃないか」

その話を聞いて私はホッとした。

頭の中が大人ということがバレているわけではなく、私に勉強を教えるのを羨ましがってるだけだった。そんなジークのことが可愛く感じる。

「もしかして、音階もマルノスから聞いたのか？」

「……ほんとに、わしゅれちゃったの！」

あまりにもしつこいので私はティナの後ろに隠れた。

「ジーク、キライ」

本心ではないのに思わずそんな言葉が出てしまう。嫌いと言われてかなり傷ついた表情を浮かべられた。

「……嫌いって。俺は小さい頃からエルを大事に育ててきたのに」

怒っているというよりも泣きそうな表情をしている。でも彼のキャラクターに合わないので精一杯強がっているようだ。

謝ろうと思ったが……。

「これから俺はやることがあるから失礼する」

そう言って部屋を出て行ってしまった。

「どうちよう」

「エルちゃん、本当は好きなくせに嫌いだなんて言っちゃったわね」

私はこくりと頷いた。

最近成長しているせいか、思っていることと口から出ることが違うことがある。

こんなの自分でもありえないと思うのに、言いたくない言葉を言って傷つけてしまった。

次いつ会えるかもわからないし、酷い言葉を言わなければよかったと後悔する。

……ごめんね、ジーク。

＊ジーク

エルに嫌われるなんて思わなかったので、悲しくて涙が出そうになる。

これから鍛錬（たんれん）があるので泣いているわけにもいかない。

廊下に出てひどく落ち込んでしまった。

いつも勉強を教えるとなるとマルノスばかりなのだ。俺だってたまには教えたい。

おやつを食べる時とかしかゆっくり会うことができない。それもたまにしか行けない。

夜の当番で寝かしつけに向かえば、すぐに眠たそうにしてしまう。

子供だから夜更しさせるわけにもいかない。エルは、日中は魔法の練習と散歩と犬と遊んで疲れてしまうのだ。

(俺の入る隙間なんてない)

我が子を取られてしまった父親の気持ちというのはこういうものなのだろうか。イライラしながら大股で廊下を歩いていく。

嫌われてしまったら、会うのも気まずくなってしまう。

「どうしたんですか？　イライラされているように見えますが」

歩いているとマルノスが近づいてきた。まさにコイツのせいで腹が立っているのだ。

「お前には関係ない」

「そんな冷たいことをおっしゃらないでください。自分でよければ話を聞きますよ」

こういうやさしいところがエルは好きなのだろうか。この前うさぎに懐かれているだけでエルは嫉妬していた。

こんな真面目な男のどこがいいのかわからない。

睨み付けるが、マルノスは穏やかな表情を浮かべて笑っていた。俺に足りないのはこの穏やかさなのかもしれない。

「……エルに嫌われてしまったかもしれない」

「え？　まさかそんなはずは……」

「それがはっきりと嫌いと言われてしまったんだ」

悔しいけれど自分の胸にしまっておくことができず口に出した。するとマルノスは柔らかい手つきで背中を擦ってくれる。

「きっとご機嫌がななめだったのでしょう。そんな姿も可愛らしいと思いませんか？」

ニッコリと微笑むので俺はそれ以上何も言えなくなった。

一日も早く仲直りできるように頑張らなければ。

4　三歳の誕生日でした

いよいよ今日は私の三歳の誕生日だ。

国王陛下も来てくれて盛大にパーティーを開いてくれるそうで、ドレスを着せてもらって綺麗に髪の毛も結ってもらった。鏡の中に映る自分はとても可愛い。

「エルちゃん、今日は一段と美しいわよ」

ティナがウットリしたように言った。

「ありがとと」

「じゃあ、行きましょうか」

夜にやると私が眠くなってしまうので、ランチタイムに開いてくれることになった。

ティナと一緒に部屋を出て広間に向かう。

国王陛下は私が三歳になったら、旅に出て宝石を探してきてくれと言っていた。でも団長が話をするということになっていたけど、その後どうなったのだろうか。

私としてはサタンライオンを救ってあげたい気持ちはあるけれど、ちゃんと話せないし魔法だって覚えていないので旅に出られる状態ではないと思っている。

もしかしたら今日は出発式になるのではないかとドキドキしながら広間に行く。門番が観音扉を開くと、一気に視線が注がれ盛大な拍手で迎えられた。

「可愛い！」

「なんと美しい子供なのだ」

「この地球上で一番可愛い子供だ」

騎士やいつもお世話してくれる家政婦たちが私の姿を見て大絶賛してくれる。綺麗な容姿で生まれてきたことはありがたいが、あまりにも褒められると恥ずかしい。

温かい眼差しに見守られながら私はゆっくりと歩みを進め、壇上の大きなソファーに腰かけている国王陛下の目の前に辿り着いた。

「エル、誕生日おめでとう」

「ありがとうございましゅ」

恭しく頭を下げた。

私も三歳になるので国王陛下に対しての礼儀というものを学んだ。この国王陛下と同じ王族の血が流れていると言われているが、未だに私の両親は誰だかわからない。

今はここで過ごすのが居心地がいいので、両親を見つけてほしいという気持ちはない。もっと幼い頃は急に寂しくなる時もあった。でも、今更現れて親だと言われても私は受け入れることができるのだろうか。

「プレゼントをあげよう」

国王陛下の言葉と同時にそばにいる従者らが大きな箱を持ってきてくれた。すごく気になったので見たかったけれど、すぐに見たら失礼かもしれない。

「エル、部屋に帰ったらゆっくり見ような」

気がつけばそばにいた団長に諭されて私は頷いた。

「エル、三歳になったら旅に出てほしいと伝えたのだが、魔法の練習は進んでいるか？」

「……まほうは、むじゅかしいでしゅ。はやくやくにたちたいんでしゅが……」

まだまだ魔法を使いこなせてないので、もっと勉強してからにしたい。私は言葉に詰まった。

「ハハハ」

国王陛下の豪快な笑い声が聞こえてきたので、何事かと思って視線を上げる。

「悪かった。エルはあまりにも利口だから早く旅に出させようと思ったんだ。しかしまだまだ子供だ。充分に話すこともできないし体力だってない。もう少し魔法の練習に励んでくれ」

きっと私の顔は明るくなったかもしれない。国王陛下はまた楽しそうに笑い出した。

「では気分を変えて料理を楽しもう」

「あい！」

テーブルについて椅子に腰をかけると美味しそうな料理が運ばれてきた。柔らかそうなチキンやパスタが並んでいる。

そして大きなバースデーケーキまで用意されていた。

食事を終えてデザートタイムになり、ろうそくを立てた。大きなケーキにまだ三本しかないけれど、炎が灯っているのを見るととても綺麗だ。

「さあ、一気に火を吹き消して」

国王陛下に言われて私は大きく息を吸い込んだ。そして思いっきり息を吹き一気に火を消した。会場内に拍手が沸き上がる。

私の隣には団長が座って食事するのを手伝ってくれた。

楽しい誕生日パーティーはあっという間に終わってしまった。部屋に戻ってくるとワンコたちが待っていてくれた。

私も三歳になったのか。三歳なんてまだまだ子供だ。

今のところ旅に出るのは、もう少し先になりそう。みんなに可愛がってもらいながらゆっくり過ごしていきたい。

着替えをさせてもらってすっきり。ドレスは可愛いけど、重たいし動きづらいんだよね。

旅に出なくていいけど、ゼンには謝りたい。まだ誰も来ないことを見計らって外につながるドアを開く。

「メレン、見張っててね」

「ワン」

子犬たちがあっちこっち行ったら困るので、箱に入れる。

クンクン鳴いているが頭を撫でてあげたら、大人しくなる。

扉を開けると私はピューッと口笛を吹いた。この音を鳴らすとサタンライオンの友達のゼンが遊びにやってくる約束をしている。

空は薄暗くなっているけれどこっそり呼んでみた。ガサガサと目の前の草が揺れ姿を現す。彼は言葉を話すことができないので私は彼の鳴き声に意識を集中させた。

「ゼン」

《エル、久しぶり》

「きょうは、いわないといけないことありゅ」

《何？》

まだ幼いので旅に出なくなったという話をしたのだ。

彼は宝石を集めて呪文を唱えれば、かけられている呪いが解かれると信じている。なのでその呪いを解くことができるであろうと私に期待をしていた。

「ごめんね」

少し悲しそうな顔をしたけれど頭を左右に振る。

《エルがサタンライオンを悪い生き物ではないと言ってくれているから、最近はあまり攻撃されていないんだ》

「そーなの？」

ゼンはコクリと頷いた。

《僕たちも極力人間の前にも姿を現さないようにしているけれど。だから大丈夫。ゆっくりでいいから魔法の練習を頑張っていつか救ってほしいな》

「わかった」

あんまりゆっくり話していると誰か来てしまうかもしれないので、私たちは指切りをして手を振った。

外に繋がる扉を閉めて何事もなかったかのように子犬たちを箱から出す。

「キャンキャン」

ドレ、ミファ、ソラは元気いっぱい部屋の中を走りはじめた。

狭いところに閉じ込めていたから、うずうずしていたのかもしれない。

部屋中走り回って最近ジャンプ力もついてきたので飛び跳ねている。そうしているうちにドレがテーブルに上がってしまった。

「ドレ、ダメっ」

「キャン」

言うことをまったく聞いてくれず、テーブルの上で楽しく走り回っている。

私が捕まえようとしてもぴょんと跳ねてなかなか捕まえられない。そんな様子を見ていたミファとソラも楽しそうだと思ったのか、テーブルに上がってきたのだ。

「ちょっと！」

怒っても私に構ってもらってるのが嬉しいようで、逃げる様子がない。

今度は床に降りたかと思えば、大事にしているぬいぐるみをかじりはじめた。みるみるうちにボロボロになって綿が出てきた。

「それ、たいせちゅにしていたのに」

綿が出るのが楽しいのか、さらにぐちゃぐちゃにされて、部屋がめちゃくちゃになってしまう。

もふもふに好かれるスキルがあるはずなのに、意識を集中させようと思っても子犬たちは遊ぶことに真剣でこちらの気持ちを聞こうとしない。

ぬいぐるみを好きなだけボロボロにしたらまたテーブルに上った。

テーブルの上にはグラスが置かれている。これは私のお気に入りのグラスで、国王陛下から頂いたものだ。

これでジュースを飲むと格別に美味しい味がするし宝物である。

このままだと割られてしまうと焦った私は、手を伸ばす。けれどワンコたちは一向に捕まる気配がない。

「こりゃー、ダメー」

そしてついに危惧していたことが実際に起こってしまった。

ガシャン！！！！！！！！！！！！！！

ドレがグラスを倒して盛大に割ってしまった。収拾がつかなくなった私は困惑して呆然としてしまう。

大事なグラスだったのに……。

「わぁぁぁあああああああああん」

そして大きな声で泣き喚いた。

その声に慌てて入ってきたのはティナだ。

「エルちゃん、どうしたの？」

「ドレたちが……わったの」

泣きながら訴える私の様子を見て彼女が部屋中を見渡す。

「あらら、悲惨な状態になっちゃったわね」

まだ楽しそうに遊んでいる子犬たちを、ティナが必死でつかまえて箱の中に入れた。

「ふぅー一苦労だわ」

私は隣でションボリとするだけ。

メレンは申し訳なさそうな顔をしているけれど、動くのがめんどくさいのかどっしりと横になっている。

部屋の雰囲気が騒がしかったのか、団長が入ってきた。

「どうしたんだ、これは!」

辺りを一瞥して驚いた表情を浮かべている。

「みんなが、いうことをきいてくれないの」

悲しそうに言ったら私に視線を合わせるために団長がしゃがんでくれた。

「エル、お世話できるって言ったのはエルだぞ?」

そうだった。前世の記憶があるから大丈夫だと思っていたけれど、体は子供でやっぱり体力的にも追いつかなかったのだ。

自分でお世話をすると言ったのに途中で音を上げるのはよくない。そうだとわかっているのに、私はうまくできなくて悔しくて涙が溢れてくる。

団長はやさしい瞳で私を見つめて、親指で涙を拭ってくれた。

「命を預かるって簡単なことじゃないんだ」

「……うん」

「責任を持って育てないといけない」

その通りだ。わかっていたのに逃げ出したい自分もいた。

「どうする？」

「これからも、だいじにしていく」

「本当か？　ちゃんと躾をしていかないといけないんだぞ？」

「うん、がんばりゅ」

私の決意に満ちた目を見て団長が力強く頷いた。

「よし、たのむぞ」

頭をやさしく撫でてくれる。

いたずらをされてパニックになって泣いてしまったけれど、団長が私のことを諭してくれて気持ちが固まった。

箱に入って眠っている子犬たちをじっと見つめた。

次の日から、私はこの子たちが立派な大人になれるよう躾をするようになった。

おもちゃを投げて取ってくる遊びをする。

一度おすわりしてもらい私が「よし」と言ったら、走っておもちゃを取ってくるように教えた。

そうして二週間が過ぎていた。

最初はなかなか言うことを聞いてくれなかったけれど、ちゃんとできたらいっぱい褒めてあげる作戦に切り替えた。

するとソラが褒められるのが嬉しかったようで私の言うことを聞いてくれるようになった。それを見たドレとミファが真似する。一匹が覚えてくれると他のみんなも一緒に覚えてくれた。

悪いことをした時は心苦しいけれどしっかりと怒る。

子犬たちは楽しいのかすぐにテーブルに上がりたがるが、そこは厳しく叱るようにした。

「ダメ！」

厳しい表情を向けて言うとシュンとした表情を見せてテーブルから降りていく。

言った通りになったことに胸を撫でおろしていると、拍手が聞こえてきた。驚いて振り返るとそこには団長が立っていた。

「見事だ、エル」

「ありがとう」

そんなに期間は経っていないけれど、こっちが真剣に教えると覚えてくれるものだ。

はじめの頃はあちこちでおしっこをされてしまったが、今ではちゃんとお散歩の時間にしかしないでいてくれる。

トイレがしたくなったら私の腕をポンポンと叩いて『トイレがしたいよ』とテレパシー

を送ってくれるようになった。

　近づいてきて頭を撫でてくれる。

「一時期はどうなるのかと思ったがちゃんとできるようになってよかった」

「まだまだあいじょうこめておせわしゅる」

「愛情を込めるなんていう言葉を覚えたのか？　すごいな、エルは」

　いつも明るいが今日はなんだか元気なさそうに見える。どうしたのだろうと思って顔を覗き込んだ。

「だんちょう、どうしたの？」

「別になんでもない」

　何もないなんて嘘だ。

　さらに顔を見つめると、切なそうな表情を浮かべて眉毛を下げた。

　きっと悲しいことがあったのだ。私でよければ話を聞くのにと気持ちを込めながら見つめる。するると団長は思いが伝わったのか、こちらを見て力なく笑った。

「俺はいつまでもエルと一緒にいたいんだが」

「ん？」

　言っている意味がわからない。

　ここを出て行くということだろうか？

そんなの嫌だ。

私だっていつまでも団長と一緒に暮らしていたい。

「俺がいなくなってもエルは寂しくないか？」

「さみちいにきまっているよ！」

「養子にしたいくらいだ」

悲しそうにつぶやいて意味深な表情を浮かべる。一体どうしてしまったの？

「実はお見合いを勧められているんだ」

「おみあい？」

「あぁ、結婚相手を勧められているということ。まだみんなには内緒だぞ」

団長が結婚してしまうかもしれない。

密かに思っているティナの気持ちはどうなるの……。切なさが胸を支配していく。

ティナの口からはっきりと団長のことを好きだと聞いたわけではないけれど、態度を見ていれば一目瞭然だ。

乙女のように頬を真っ赤に染めて瞳を輝かせている。私から見ても可愛いと思ってしまうほど。

「ここは、騎士の独身寮だ。結婚をしたら出て行かなければならない」

「えっ」

その事実は薄々と気づいていたけれどはっきりとわかった私は涙が出そうになった。いつまでもここにいるみんなと過ごしてられると思っていたけれど、そうもいかないのだ。団長がここからいなくなるとティナが寂しがってしまう。なんとか二人をくっつけようと考える。

「いなくなっちゃうまえに、ティナとまたおでかけちたい」

「あぁそうだな。思い出をたくさん作っておこう」

「いつおみあいしゅるの？」

「まだ具体的には日程は決まっていない」

それなら断るチャンスもまだあるということだ。最後の最後まで諦めてはいけないと思った。私はできることをしようと密かに作戦を立てるのであった。

どうすれば団長とティナがラブラブになれるのか考えながら過ごしているが、いいアイディアが思いつかない。

今日はティナと散歩をするために廊下を歩いていた。

「ねえ聞いた？　団長お見合いを勧められているらしいわよ」

「えーうそー！　結婚してしまったらもうあの麗しい姿が見られないなんて悲しいわ」

そんな噂話が聞こえてきて、ティナは立ち止まった。手をつないで歩いている私は見上げて彼女は顔を確認する。

　まるで凍り付いてしまったかのような青ざめた表情をしていた。

「ティナ?」

「……ごめんね。何でもないの」

「なんでもなくないよ」

　きっと結婚するという噂が耳に入ってしまい大きなショックを受けてしまったのだろう。

5　心配で泣いてしまいました

十一月になりだんだんと寒くなってきた。

今日は国王陛下から呼び出されていて、出かける準備をしている。

国王陛下に会う時は、ちゃんとした服装をしなければいけない。おめかしをしてもらって鏡を覗くと今日もとても可愛く仕上げてもらえていた。

何を言われるのだろうと緊張しながら団長と一緒に馬車で向かう。

「なに、いわれるの？」

「俺もまだわからないんだ」

いい子にしているのに。私はソワソワしていた。

王宮に着いたら、大勢の人に出迎えられた。ここはいつ来ても厳粛な空気が流れている。

応接室に案内してもらい、ソファーに腰をかけた。

あー……緊張する。

空気が変わって入口を見る。国王陛下が入って来たので、慌てて私は団長と一緒に頭を下げた。

「エル、よく来てくれた」

「こんにちは！」

私は満面の笑みを浮かべる。笑みを作っているけど何を言われるのか、心臓が飛び出そうだ。

「エルに見せたい物がある」

首を傾げる。この前誕生日プレゼントをもらったのに、まだ何かくれるのだろうか？

厳重に運ばれてきたトレーに乗っているのは、五つの穴があるネックレスだった。

「……これは？」

団長が不思議そうに質問をした。

「この穴に宝石を入れて呪文を唱えれば、呪いが解かれるでしょうとお告げがあった。ノースマウンテンの中にある泉の近くにあると言われ、使いの者が見てきたらあったそうでな」

「そうだったんでしゅね」

この穴に青、赤、緑、黄、紫、五つの宝石を入れて呪文を唱えたら、呪いが解けるのだろうか。

（え、もしかして旅に出ろとか言われるとか？　誕生日には行かなくていいって言ってく

れたのに)

「これは大事な物だろうから預かっておく」

「おねがいしましゅ」

こんな大切な物を持っているのは気が気じゃない。

「一度持ってみたらいい」

「……はい」

試しに手に持たせてくれるとずっしりと重かった。そしてなんだかわからないけれど不思議な力がここには入っているような気がした。この穴に宝石を入れたら、最強な魔力を発揮する気がする。

「大事に保管しておく」

「こくおうへいか、ありがとうございます」

お行儀(ぎょうぎ)よく挨拶をするといつもクールな表情を浮かべている国王陛下が微笑を浮かべた。

＊国王陛下

エルたちを見送って執務室に戻る途中、頭に思い浮かべた。

何度も思うが本当にエルは美しい娘だ。

ふわふわブロンドヘアで、琥珀色の瞳は大きくて、澄んでいる。ピュアで純粋無垢な目で見つめられるといつまでも目が離せなくなってしまう。

色白で毛穴ひとつ見当たらない。

琥珀色の瞳は王族にしか出てこないので、やはり彼女は王族の血を引いているのだろう。親戚でもあるせいか、我が子と同じように可愛くて仕方がないのである。

外見が優れているだけではない。

いつ見ても礼儀正しい。

騎士らや世話人が愛情かけて育ててくれたおかげで真っ直ぐに成長しているのだろう。

彼女の両親を探してあげるべきなのだろうが、騎士に囲まれて幸せそうに暮らしている姿を見るとその必要はないのではないかと思う。

ただ、王族の血が流れている以上、いつかははっきりさせなければいけない。

執務室に到着し、付き添っていた従者が頭を下げて出ていく。

椅子に腰かけ顎をさすりながら、本当に両親を捜すことに力を注がなくてもいいのか思案をする。

エルが幼い頃は寂しがって泣いていたという話も聞いたことがある。幸せそうにしているのは強がっているだけなのかもしれない。

自分の兄弟がエルの父親である可能性だってあるが、兄は幼い頃に亡くなり、弟は病気で寝込んでいる。可能性として高いのは弟だが……体力的に厳しいのでは？

「まさかな」

もう少し成長していったら王族として受け入れる必要もある。

しかし彼女には宝石を集めてサタンライオンの呪いを解いてもらうという使命があり、それが終わるまでは王族として迎え入れることができない。

まだ幼いエルには大変な思いをさせてしまうが、魔法の練習を頑張ってもっと成長したら旅に出かけ宝石を見つけてほしい。

＊＊＊

今日は庭で魔法の練習をしていた。

「みじゅ」

手のひらを広げて地面にかざし頭に水を思い浮かべ、念力を込める。すると手から水がシャッと出てきた。

今まではチョロチョロしか出てこなかったけれどだんだんと強く使えるようになってきたみたいだ。ルーレイとジュリアンが拍手をして褒めてくれる。

「とても上手にできたわね」

ルーレイが褒めてくれ、私は嬉しくてにっこりと微笑んだ。

「もう少し強く出せる？　水の力で地面に穴を開けてみて」

ジュリアンが無理難題を押しつけてきたので、私は慌てて首を横に振った。

「しょんなこと、できにゃい」

「できないなんて決めつけちゃダメよ。魔術師は頭の中に思い描いたことが魔法に出てきてしまうの。できるとイメージしながらやるのよ」

まるで一流アスリートのような考え方だと思った。

私なら穴を開けることができる。

水の力でこの地面の穴を開けるのだ。

大丈夫。できる。

そう自分に言い聞かせるように何度も心の中で唱え、意識を集中させた。そして手をかざし強く水が出るように念じる。

「みじゅ」

手のひらが痒くなってくる感覚はいつまでたっても慣れない。

魔法のコントロールがうまくいけばそんなに気にならなくなるらしいが、私にはまだ遠い道のりだ。

チョロチョロと水が出てきた時。

「エルー」

私を呼ぶ声がして意識を取られ、手のひらをそちらに向けてしまった。

次の瞬間、滝のような強い水流の水が手から出てきたのだ。そして私を呼んだ声の主、スッチに水をかけてしまった。

「わああああああ」

ものすごい声で叫び彼は勢いよく倒れ、頭を押さえたので顔を歪めている。地面に穴があくほどの威力がある水がかかったのだから、怪我をしてもおかしくない。むしろ命の危険すらある。

「スッチ！」

私は短い足で走り彼に駆け寄った。

確認すると、顔色がだんだんと悪くなりこれは非常事態だ。

ルーレイとジュリアンが手をかざして彼の痛みを軽減させているが、かなり重症なようだ。

足から血が滲んで地面が真っ赤に染まっていく。

「誰か助けて」

「私、呼んでくるわ」

ルーレイが走ってその場からいなくなる。

私の魔法がスッチを攻撃してしまったのだ。こんなことになるなんて想像もしていなかった。

(このまま死んでしまうなんてないよね……?)

不安になって私は小さな手で彼の手を握る。

「スッチ」

「心配……す、るんじゃない……エル……」

呼吸が荒くなってきて息も途切れ途切れになっている。

ルーレイが呼んできた何人かの騎士がやってきて、スッチの様子を見て驚いている。何事かと思って近づいてきたのは、ジークだ。

「大変だ。すぐに医者に診てもらったほうがいい」

自ら立つことができないスッチは騎士らに抱えられてその場から去っていった。

私は唖然として立ち尽くす。

私のせいで大事なスッチを怪我させてしまった。取り返しのつかないことになってしまったら、どうすればいいのだろう。

怖くなって不安になり唇が震え大きな瞳から涙が溢れてくる。

そんな私の肩をルーレイが抱き寄せた。

「ごめんなさい……。魔法の練習をしているところには人が入ってこないようにちゃんと伝えておかなければいけなかったわ」

悲しそうな声で謝られるけれど悪いのは私だ。

ちゃんと集中していれば手を地面から外すこともなかったし、スッチにあたってしまうこともなかった。

後悔してもしきれず涙がポロポロと溢れてくる。どうか無事でいてほしいと願うことしかできない。

状況を知ったティナが迎えに来てくれた。いつもならすぐに帰ることができると大喜びなのに私は泣いたまま。

「エルちゃん」

私を抱き上げたルーレイは迎えに来たティナに渡す。すでに事情を聞いてわかっている彼女は、いつも以上にやさしく私を抱きしめてくれる。

私は彼女の胸にしがみついて思いっきり泣くことしかできなかった。

部屋に戻る間も私をしっかりと抱きしめてくれる。

「エルちゃん、スッチさんは必ずよくなると思うからそんなに落ち込まないで」

「……」

私は言葉を発することもできないくらい深くどん底に落ちてしまったような気持ちだった。

部屋に戻ってきて甘いココアを出してくれたけれど、飲む気にならずただぼんやりとしているだけ。私が落ち込んでいるからかいつも騒いでいる子犬たちも静かにしている。

まるでお葬式かと思うほど静まり返っている。

ティナは私から離れることなくずっとそばにいてくれた。

しばらくして、ドアが開いたので視線を動かすと団長だった。

「……だんちょう」

団長に駆け寄った。表情からしてあまりいい状態ではないのがわかる。

「どうでしたか？」

ティナも様子が気になっているようだ。

団長は頷いて口を開く。

「あぁ、一命は取り留めたがしばらく入院しなければいけないようだ」

入院するほどの怪我をさせたなんて、取り返しのつかないことをしてしまった。落ち着いてきたのに瞳に涙が溜まってくる。

「エルは何も悪くない。ちゃんと対策をしなかった俺たちが悪かったんだ」

「ちがう、しゅうちゅうしていなかったわたしがわりゅいの……」

「エル、自分のことをあまり責めるな。いいか？」

私をやさしく抱きしめてくれる団長の腕が温かい。

本当のお父さんのように感じる。自分を責めるなと言ってくれるけど私はどうしても気持ちを切り替えることができなかった。


それから私は元気がなくなって食欲もなくなってしまった。

お菓子すら喜んで食べない私。

元気がない状態で過ごしているとみんな心配するのはわかっているけれど、どうしても申し訳ない気持ちが勝ってしまうのだ。

「エルちゃん、ちゃんと食べないと体力がつかないわよ」

「……おみまいいく」

ティナにお願いするけど、頭を縦に振ってくれない。おそらく面会できる状況ではないのだろう。それでも自分のせいで怪我をさせてしまったので、どんな状態か気になって仕方がない。

「ティナ、ちゅれていって」

「うーん、そんなこと言われても今は難しいかな。元気になったら顔を見に行けるから、それまでエルちゃんもできることを頑張ろう」

「……わかった」

辛くて魔法の練習すらできなくなってしまった。

私が魔法を覚えて呪文を唱えてサタンライオンの呪いを解かなきゃいけないということもわかっているけれど、まだしばらく時間が必要だ。魔法を使うことに恐怖心を覚えはじめている。

ルーレイとジュリアンは心配して顔を見に来てくれるが無理に練習に連れていこうとはしない。私の心の傷が癒えるまでゆっくり待っていてくれそうだ。これでいいのかなと悩むこともあるけど、まだ魔法を使うのは怖かった。

「帰ってきたらお祝いパーティーをしましょう」

「ぱーてぃ？」

「そう。スッチさんは、必ず元気になって戻ってくるはずよ。その時に退院祝いをしましょう」

いつになるかわからないけれど、その日が早く来ればいいなと願うばかりだ。スッチの元気いっぱいの笑顔が恋しい。

「その時のためにプレゼントを用意しておかない？」

「プレゼント？」

「これから寒くなってくるから、温かいものがいいわね。何がいいかしら？」

何がいいかと考える。その横で子犬たちが楽しそうに遊んでいた。ふわふわしているところを見て頭に連想したのはマフラーだ。

「まふらー」

「あらいいわね」

でも自分で編むことができるかと心配になってくる。

「できるかにゃ？」

「ちょっと難しいかもしれないけど作り方を教えてあげるし私も協力するから作ってみない？」

「うん」

「じゃあ早速、街まで毛糸を買いに行きましょう。団長にお願いしてみるわね」

「ありがとう」

「どんな色があるかしら？」

「しょうだね」

「スッチさんに喜んでもらえる色を考えておいてね」

「わかったぁ」

スッチが喜んでくれるプレゼントを作って、今は待っているしかない。ちゃんと作れるか不安だったけどしっかり覚えて頑張ろうと思った。

団長から外出の許可をもらい早速行くことになった。

今回は予定が合わず団長が一緒について行くことができないので、マルノスを筆頭に護衛の騎士が防衛にあたってくれる。

朝から支度をして馬車に乗った。揺られているとだんだんと心地よくなってくる。久しぶりに買い物に行くのでワクワクしてきた。

お菓子でも食べながら楽しい話をしたい。でも心が軽くなってくると、どうしても罪悪感に襲われ笑顔が消えてしまう。

スッチは具合が悪い中、病院で頑張って治療しているのだ。

「エル様、ご気分でも悪くなりましたか？」

マルノスが心配そうに話しかけてくる。些細なことでも気がついてくれるので感謝の気持ちでいっぱい。

自分が悪いけれどいつまでも落ち込んでいたら周りの人に気を使わせてしまう。それもよくないと思い私は精一杯の笑顔を作った。

「だいじょうぶ」

「無理はしないでくださいね。疲れたなと思ったらいつでも馬車を止めて降りることができるので遠慮なく言ってください」

「うん」

やさしくされて私は胸が温かくなった。

街に到着して、毛糸が売っているお店で立ち止まった。私は目の色を魔法で変えているので王族の血が流れているとは誰にも気がつかれない。

護衛がいるから、どこかの貴族の娘だと思われているだろう。ティナは母親だと勘違いされていそうだ。

「いらっしゃいませ」

ワンピースに可愛らしい毛糸のベストを着た女性が満面の笑みで話しかけてくる。

「素敵なお召し物ですね」

「自分で編んだのよ」

すごいなと思って感心して私は大きく目を見開いた。

前世の記憶で何とかマフラーを編んだことぐらいは覚えているけれど、まだ子供の手で編むことができるのだろうか。

「とても上手です。教えてほしいくらいね」

「うん」

店員がしゃがんで私に話しかけてくる。

「お嬢ちゃん、何を作りたいんだい？」

「まふらー」

「あらいいわね。もしかして誰かへのプレゼント？」

プレゼントというかお詫びの品というか。複雑な表情を浮かべながら頷いた。

「何色がいいかしら？　相手の方は男性？」

私はしっかりと頷く。

「じゃあ黒とか紺色がいいかな？」

スッチはオレンジ色の瞳をしている。黒とか紺色とかだときつすぎるかもしれない。

「みどりがいい」

彼のことを思い浮かべながらそう言うと店員さんはにっこりと笑ってくれた。近くにいるマルノスも納得したような表情を浮かべている。

「スッチには緑が似合いそうですね」

「うん」

彼が言ってくれると自信が持てる。私はにっこりと笑った。

その隣でティナがグレーの毛糸を見ている。もしかして団長に作ってプレゼントしたいと思っているのかもしれない。

一度手に取った毛糸を彼女が戻してしまった。そして小さなため息をついた。

これは、プレゼントを作って告白するチャンスかもしれない。

この世界では女性から想いを伝えるということはあまりないようだ。

大体がお見合いか男性から気持ちを伝えるのが一般的だと使用人が廊下で話しているのを聞いた。

「ティナ、ちゅくらないの？　あげたいひと、いるんじゃないの？」

「えっ」

私に質問されて顔を真っ赤にした。

マルノスがその様子を見過ごさなかったみたい。

「想い人がいらっしゃるのですか？」

女心をそんなにストレートに聞いてしまってはいけない。ティナの頬がリンゴのように真っ赤に染まった。

私はマルノスの足をポンポンと叩いて頭を左右に振った。

「失礼しました」

私の意図がわかったようで彼はすぐにお詫びをする。

「ティナ、いっしょにちゅくろう？」

そしてそれを団長に渡して告白したらいいと思う。

「私はいいわよ……」

「こうかいしゅるよ」

仁王立ちになってティナに強い視線を向ける。彼女はハッとしたような表情をして強く言った。

「そうだね。後悔したら一生悔いが残りそうだわ。すみません、グレーの毛糸もください」

「ありがとうございます！　ではお会計をさせてもらいます」

会計をしている間、マルノスが小声で話しかけてくる。

「騎士の中に彼女の想い人がいるのですね？」

「……ひみちゅにしてあげてね。プレゼントは、サプライジュがいいとおもうの」

「ええ、了解いたしました」

相手が誰かということは一切伝えなかったけれど、勘のいい人だったら気がつくかもしれない。

マフラーを一生懸命編んでいることが団長の耳に届いてしまったら感動が薄れてしまう。これはトップシークレットで作らなければいけないと思った。

表向きは私がスッチにあげるために作っていることにして、ティナはこっそりと編む。完成したマフラーを渡して思いが通じて、二人がハッピーエンドになってくれたらいい。

せっかく街に出てきたからということで、その後色んなところに寄らせてもらった。

その中にカラフルなアメが売られているお店があった。形がハートだったり星だったりすごく可愛らしい。

私は目をキラキラ輝かせていると、ティナが何でも好きなものを買ってあげると言ってくれた。

迷わずピンク色のハートを選ぶ。私の顔くらい大きいアメで、ペロペロ舐めながら散策をした。

私の元気が出るようにと、おもちゃを買ってくれたり珍しいお菓子を買ってくれたりして楽しい時間が過ごせた。

はしゃぎすぎていたので帰りの馬車の中ではぐっすりと眠ってしまったらしい。気がつけば私は自分のベッドの上にいた。

次の日から早速、マフラーを編むことにした。と言ってもまだ三歳なので手先が自由に動くわけではない。

二本の棒で器用に編んでいくティナを私はじっと見つめていた。

まずは目を作っていき、一つの目を編み棒で取って毛をかけて編む。一列終えたらまた一列編む。

前世の記憶が残っているので頭の中ではわかっているのに手がうまく使えない。

イライラしている私の周りを子犬たちが走り回っている。早く散歩に連れて行ってくれと言っているのだ。

「しゅうちゅうできないから、しじゅかにちて！」

ドレ、ミファ、ソラは私が怒っているのに構ってくれていると思ったようで喜んで尻尾を振っている。

私が笑ったので子犬たちは喜んでまとわりついてくる。そうすると毛糸が転がってしまい私の手にひっかかった。

手で取ろうと思うと余計に絡み、毛糸がどんどんと伸びて、子犬たちはおもちゃだと思っておいかけっこがはじまった。

ソラが口でくわえてしまった。私とティナは慌てて追いかけるけど足が速くて追いつかない。

「ソラ、まて」

しっかりと躾ているはずなのに、子犬はスイッチが入ると言うことを聞かなくなってしまうのだ。

「ワン、ワン」

「キャン、キャン、キャン」

部屋の中は大運動会のようになってしまった。毛糸がぐちゃぐちゃになってワンコたちが絡まっている。こんなことになるなんて思わず私は悲しくなってしまう。

「もぉおう……」

足に絡まってしまって走れなくなった子犬たち。一匹ずつ捕まえて毛糸をほぐす。好きなように走り回っていたので、グチャグチャになっていて、ティナが困惑しながらなんとか取り終えた。

子犬らはたっぷり遊んで満足したようで寄り添って眠っている。

もふもふが好きじゃなかったらこんなの、許せないだろう。

せっかく編み物をしようと思っていたのにうまくいかなかったのはちょっと残念だったけど、眠っている姿を見ていると穏やかな気持ちになってきた。

気を取り直して私たちは編み物をはじめたのだった。

「まだ棒を使って編むのは難しいと思うから、指編みをしよう？」

ティナに言われて私は素直に頷いた。

彼女の指を借りて私が毛糸を引っかけていく。

「次はなみなみに指にかけて」

「あい」

「そしたら、……ほら、編めてくるのよ」

「しゅごい！」

繰り返していると、ちょこっとずつマフラーのような形になって、短いけど、スッチへのプレゼントはあっという間に完成した。あとはティナのプレゼントが完成するのを応援するのみだ。

編み物をはじめてから一週間。今のところ団長にバレていない。

彼に知られないようになんとか完成させて、ティナの告白が成功すればいいと思っている。お見合いは今すぐにするわけではなく、来年にはという話だそうだ。

そうであればこの冬にマフラーをプレゼントをするのは最高だと思う。きっと告白が成功して二人はラブラブになる！

私は二人の明るい未来を熱望していた。

「さあ、行きましょうか」

ティナが話しかけてきた。

「……うん」

私は気乗りしない返事をして重い腰を持ち上げた。

今日は久しぶりに魔法の練習をすることになった。

ちゃんとできるか心配な気持ちのまま練習場へと向かう。

練習中に事故が起こらないように柵を作ってくれた。これで他の人が入ってくる心配がなくなったのだ。ジュリアンとルーレイが満面の笑みで迎えてくれる。

「よく来たわね」

「少しずつでいいから頑張っていこう」

ティナと手を繋いでいたが離す勇気がない。また失敗をして誰かを怪我させてしまったらと思うと怖くてたまらないのだ。しゃがんだティナはやさしい瞳を向けてきた。

「大丈夫よ。安全面にも配慮してくれて柵も作ってくれたし、短い時間でいいから練習頑張ってきてね」

諭されるように言われる。私の使命は魔法を覚えて呪いを解く。困っている人を救うことなのだと思った。

怖いけれどいつまでも逃げてるわけにはいかないと気を引き締めて、私はゆっくりと頷いた。その場から去っていく彼女を見送り魔法の練習をはじめる。

ジュリアンが地面に手をかざして花の絵を描いてくれた。可愛らしい絵だったので胸がときめいてキュンとなる。

わずかに微笑んだ私を見て、ルーレイが満面の笑みを浮かべてきた。可愛い花の絵が描き上がったので、そこに魔法で色をつけていく。

自分で魔法を使うのはまだ怖いけれど見ているぶんには楽しい。まるでエンターテインメントを見ているようだった。

「エル見て？　楽しいわよ。ほら」

「……うん」

いつまでも逃げてるわけにはいかないとわかっているけれど、怖くてできない。

だんだんと私は笑顔が消えていた。するとジュリアンが語りかけるように口を開いた。

「失敗って怖いわよね」

「うん、こわくて、たまらにゃいよ」

「実はね、私も魔法で失敗したことがあったのよ」

「しょうなの？」

穏やかな表情を浮かべながら頷く。

「魔法学校に通っていてすごく仲よしの友達がいて。すごくいいライバルでもあったの。絶対に負けたくなくて頑張ろうと思ってね。二人で残って魔法の練習をしていた時、私が放った魔法が彼女に当たってしまって。彼女はしばらく入院することになってしまったの」

そんな過去があったなんて知らず、何も言わずに黙って話を聞いていた。

「魔法の練習をするのが怖くなって、私は学校を休んで練習に参加しなくなったの。でも友人のお見舞いに行った時、友達から『何のための魔法なのか？』って言われてって。私たちの魔法は困っている人たちを助けたりするために使うことが中心だって、気がついたわ。人のためになるなら頑張ろうって話をしたの」

「そうだったんだね」

「女性の魔術師は市民権がなかったけれど、エルのおかげで私たちは認めてもらうことができた。女性にしかできないこともたくさんあると思う。そしてあなたには深い使命があると思うのよ」

真剣に思いを伝えてくれる姿に私は胸が熱くなってなぜか瞳に涙が浮かんできた。ルーレイに視線を動かすと、やさしい瞳をしてこちらを見てくれている。

「人間は失敗することがある。でもその失敗をしっかりと反省して前に進んでいくしかないと思うの」

私は逃げていることしかできなかった。怪我をさせてしまったスッチのためにもこれから一生懸命頑張っていくのだ。

気持ちがだんだんとすっきりしてきて、涙も気がつけば止まっていた。

（頑張るしかない）

私は今日からまた気合いを入れて練習を頑張ることにした。

＊　＊　＊

それから私はなるべく毎日魔法の練習をするようになった。

自分の恐怖心に打ち勝って集中できるようになり、あの経験があったからこそ成長できたかもしれないと思うようになっている。そう考えていかなければいけないと感じているからだ。

ジュリアンとルーレイは、私が楽しめるように工夫をしてくれている。こんなに大切に思ってもらえるのがありがたくて私は期待に応えようとしていた。

集中することを覚えた私は、魔法のコントロールが上手にできるようになってきていた。自分でも今までの自分とは違うと感じる。

私の成長を確認してくれた団長たちは、小さな魔法であれば日常でも使う練習を許可してくれた。なので散歩中にお花の色を変えたり、石を磨いたりする魔法はちょくちょく使っている。

スッチはまだ歩くことができず入院しているらしいが、回復はしてきているとのことだった。

いつお見舞いに行けるかわからないけど……。

マフラー、プレゼントをして喜んでくれたらいいな。

「スッチにいちゅ、あえるかな」

「うーん、多分もうすぐ会えると思うわよ」

はっきりしたことは言ってくれないけれど必ず近いうちに会えるのだと私は信じることにした。

ティナのマフラーも完成していてとても素敵な仕上がりだ。これなら団長も喜んでくれるだろう。そして二人が幸せになってくれることを願ってやまない。

「ティナはだんちょーにあげるの？」

「え？」

私の質問に顔を真っ赤に染める。

全部わかっているんだよというような瞳を向けると、彼女は目を逸らした。

「……あげようと思って頑張って編んだんだけど、プレゼントされたら迷惑かもしれないし」

「しょんなことないよ！」

勇気を出してほしくて、全身全霊で励ました。

「……女性が男性に想いを告げるなんて、はしたないと思わない？　って私ったら小さなエルちゃんに何を相談しているのかしら」

頬を押さえながら苦笑いしている。

「こうかいしないで、ほちいの」

「うん、そうね」

彼女の告白が成功すればいいと思っているけれど、結婚したらここを出ていくかもしれない。

寂しいけれど成功を祈る。そんな気持ちを込めて私は満面の笑みを浮かべた。

ティナも柔らかい笑みを浮かべている。

何気なく窓の外に視線を動かすと、雪が降ってきた。初雪だ！

私は嬉しくなって窓に近づいていく。

「ゆきー！」

天使の羽のようなふわふわとした綺麗な雪が舞い降りている。寒いのはあまり好きじゃないけれどどこの季節いつもこうやってテンションが上がってしまうのだ。

はしゃいでいる私を見てティナも近づいてきた。

「今年は雪が降るのが少し早かったわね」

「うん！」

「寒くなってくると温かいものが恋しくなるのよね。ココアとか美味しい時期になってくるわ」

「しょうだね」

「じゃあちょっと仕事してくるわね」

私の頭を撫でてティナが部屋から出ていく。

さて、何をしようかな。

お絵かきでもしよう。紙と筆を使ってうさぎさんを描く。楽しくてついつい熱中してしまうのだ。

「できたー！　メレン、みてー」

「ワン！」

上手だと褒めてくれているみたい。

おとなしくしていることに飽きてしまい扉を開いて誰か通らないか眺めてみる。すると少し離れたところから、足音が聞こえてきた。

誰かが話しているようだ。

顔を伸ばしてみるとだんだんと近づいてくるので耳を澄ます。誰が向かってくるのかな？

薄っすらとしか聞こえてこなかった声が、だんだんとはっきりと聞こえてくる。

「団長、少し早めにお見合いをするようだぞ」

「そうなのか？　予定が変わってしまったんだな」

「早ければ今年中に縁談がまとまるかもしれない」

「それは急だな」

その話を聞いて私は焦る気持ちで胸が支配されていく。

マフラーはもう出来上がっているのだから、早く告白するべきだ。そうでなければ本当にティナの思いは成就しない。

会話が聞こえていたとバレてはいけない気がして、顔を引っ込めようとしたが一歩遅く、歩いてきた若い騎士と目が合ってしまった。

「エル、顔を出していたのか？」

「……うん、ひまなにょ」

二人はしゃがんで瞳を輝かせている。

私があまりにも可愛いのでメロメロになってしまっているみたい。普段私とこのように会話することはあまりないから貴重な機会などと思っているのかもしれない。

真相をたしかめるチャンスだから話を聞いてみようか。

「だんちょーおみあいしゅるの？」

二人の若い騎士は目を見合わせて参ったという表情を浮かべた。

「話聞こえていたのか？」

「まだ確実な情報じゃないから誰にも言っちゃダメだぞ？」

「ことしにいなくなりゅの？」

私は曖昧な笑顔を浮かべながら質問を重ねていく。話をしてくれないかと思ったが二人は意外とスラスラと口を開いた。私は未だ片言しか話せないし子供だから人に言わないと判断したのだろう。

「もしかしたら今年中にお見合いして出ていくっていう可能性もあるな」

「エルは団長のことが大好きだから、いなくなったら寂しいよな」

　私が寂しい気持ちはもちろんあるけれど、それよりもティナの心が心配だ。もちろん、誰にも言えないけれど……。

「みーんな、しゅきだよ」

　せいいっぱいの可愛い笑顔を向けると、二人の若い騎士は顔を真っ赤に染めて固まった。咳払いをして立ち上がる。

「エルはどうしてそんなに可愛いんだ」

「心が撃ち抜かれてしまいそうになる」

　歯の浮くようなセリフを言われて私は頬が熱くなった。何度もこういう言葉を言われているけれど面と向かって言われると胸がドキドキする。

「ありがとう」

　どんな反応をしたらいいのかわからなかったけど、素直にお礼を言うことにした。

「いつまでもここにいたいけれどそんなわけにもいかないから、そろそろ失礼するよ」

「また話せる日を楽しみにしてるからな」

　彼らは満面の笑みを浮かべてから私に背中を向けた。

　なんとか告白するためにティナの背中を押さなければいけない。もう少し余裕があると思っていたのにお見合いがこんなにも早くなるなんて……。

私はいい方法がないか作戦を練ることにした。

それから数日して、庭はあっという間に一面が雪で真っ白になった。つい先日まで紅葉が美しかったのに、急に冬景色に変わっている。今年は例年よりも雪が多いらしい。

私は窓からじっと外を見ていた。雪遊び……したいなぁ。

ぼんやりしているとそこに団長が入ってきた。

「エル、何してたんだ？」

「おしょとみてたの」

「今年は雪が多いな」

「スッチは？」

「心配するな。かなり元気になっている。もうすぐ見舞いに行っても大丈夫そうだ」

その答えを聞いて私は安堵した。

早く元気になったスッチに会いたい。

退院してパーティーの時にマフラーを渡そうと思っていたけれど、もう完成したのでお見舞いの時に渡してもいいのではないかな。

「わたし、ほんとうにわりゅいことしたって、はんせいしてりゅの」

「エル、お前は時折大人びた表情を見せるよな」

私はハッとして目を逸らした。前世の記憶があるなんて話をしたら驚かれてしまうだろうから、このことは一生胸にしまっておこうと思っている。

「……きらわれてないかにゃ」

「スッチがエルを嫌うはずがないだろ」

穏やかに笑って頭を撫でてくれる。

「あいつはそんなに心が狭い男じゃない。誰よりもエルのことを大切に思っている」

「……うん」

実際に会うまで不安で仕方がない。

落ち込んでも誰も得をしないので、なるべく今できることを頑張って生きていようと思っていた。

しかし、団長と二人で話をしていると、押しつぶされそうな気持ちになってしまう。

そんな私をすべて包み込むように話を聞いてくれる。

「失敗しても前向きに頑張っていくしかないものだ。俺もたくさん反省しなければいけないことがあるが、今こうしてここにいることができている」

団長にも失敗した経験があったなんて。

まっすぐと見つめられた私はだんだんと勇気が湧き上がってきた。

どんな人も失敗や辛いことを乗り越えて生きているのだ。

前の人生の時はあまり長生きできなかったから、死に物狂いで頑張った経験がほとんどなかったけれど、エルとしての人生はもっと深く生きたい。

可哀想な運命を背負った赤ちゃんとして転生したが、得られるものも多いのかもしれない。

今まで以上に気持ちがすっきりとして柔らかい笑みを浮かべることができた。そんな私の様子を見て団長は安心したような表情をした。

「エル、明日は時間が取れそうだから一緒に雪遊びをしようか？」

「うん、しゅるー！」

「わかった。じゃあ明日な」

私の頭を撫でて部屋を出ていく。

遊んでくれるのだと思うと嬉しくてワクワクしてくる。

その日の夕食後、私はお腹いっぱいになって眠くなっている。早く明日にならないかなと楽しみな気持ちでいっぱいだった。

ぼんやりする脳みその中でふと思いつく。ティナも一緒に遊んでその後に告白してしまえばいいのではないか。

立ち上がった私は引き出しに近づいていった。そこに団長のために作ったマフラーはラッピングされて隠してあるのだ。

引き出しを開けると大切そうにしまわれてある。

私を入浴させるためにティナが近づいてくる。

「そろそろ入浴して寝る準備をはじめましょう」

「あしたいっしょにあしょべる？」

私に質問された彼女は、やさしい笑顔を浮かべて頷いた。

「明日遊ぶためにも早く寝なきゃね。体力をいっぱいつけておいたほうがいいわよ」

「こくはくしよう！」

突然の私の提案に彼女は顔を真っ赤に染めている。

「いきなりなんてこと言うのよ」

「あしたしかチャンスない」

「やっぱり思いを伝えるっていうのはどうなのかしら」

ティナはこの前決意をしたのに、また気持ちが揺らいでいるようだ。

「わたしがそばにいりゅから、だいじょうぶだよ」

しゃがんでいるティナの手を両手で強く握りしめて私は頷いた。ティナはクスクスと笑い出す。

「エルちゃん、あなた本当に三歳の子供なの？　まるで同じ年齢くらいの女の子に励まされているような気持ちになるわ。うふふ」

「しゃんしゃいだよ」

慌ててごまかしたけれど私はたまにこうして前世の自分が出てきてしまうことがある。

今までずっとそばにいて育ててくれたティナがここからいなくなるのは寂しいけれど幸せになってもらいたい。

好きな人のことを思って編み物をしている彼女の横顔がとても美しかったし、恋っていいなぁって思えた。

今、こうして会話している私は、エルとしてよりも、前世の大人だった頃の私の気持ちで語りかけているほうが大きいかもしれない。

「あのね、ことしにおみあいしゅるかもって、わかいきししゃんが、おはなししているのきいたの」

「……そうだったの？　もう少し先の話だと思っていたわ」

話を聞いたティナは明らかに暗くなった。あくまでも噂だからどれが本当の情報がわからないが、伝えておかなければ後悔すると思ったのだ。

「ティナに……こうかいしてほしくにゃい」

力いっぱい説得すると、ティナは決意したように頷いた。

「そうね。私は団長のことがすごく好き。他の人と結婚してしまうなんて考えられないわ」

　はじめてストレートな気持ちを聞かせてくれて私は嬉しかった。

　私は子供だからまだ恋愛感情とかわからないし、前世の自分も恋らしい恋をしてこなかったからわからないけれど、甘くて酸っぱいような不思議な感覚なのかもしれない。

　この世界で成長して大人になったら私も誰かのことを好きになってみたい。

「頑張るから、見守っていてね」

「うん！」

「さぁ、温かいお湯に浸かって体を温めてきましょう」

「あーい」

　私はティナに連れられて、入浴場へと向かった。

　綺麗に体を洗ってくれ、大きくて広いお風呂に浸かり、温まった。

「うまくことばにできなかったら、おてがみかくといいよ」

　寝巻きに着替えさせてもらい部屋にいく。

「じゃあ、あしたがんばってね」

「ありがとう、エルちゃん。おやすみなさい」

「おやしゅみ」

　ティナが部屋を出て行き私は一人ぼっちになった。夜なので子犬たちも眠そうにしている。

メレンがゆっくりと近づいてきて私のほっぺたをぺろりと舐めた。

ペロペロペロ。

「メレン」

私が寂しそうにしているともふもふの体を押し付けてきて温かい気持ちにしてくれる。

嬉しくなった私はメレンに寄りかかった。

「こくはく、うまくいくといいね」

「ワン」

「いなくなっちゃうのはさみしいけどね」

メレンはすべてわかってくれているかのように、包み込んでくれた気がした。

もふもふを堪能していると、ドレ・ミファ・ソラも近づいてきて体を寄せてくる。

もふもふに囲まれて私はハッピーだ。全身の力が抜けてしまいそうになる。

ウトウト……。

体も温まっているしこのまま眠ってしまいそう……。

＊ジーク

今日のエルの夜の担当は俺だ。

一緒に眠れるのが嬉しくてついスキップをしてしまいそうになるが、自分のキャラとは違うのでしっかりとした足取りで歩いていた。

ドアを開けると、エルが犬たちに囲まれてぐっすり眠っている。

おしゃべりできなかったのは残念だが、まるで天使のような寝顔に俺はうっとりとした。

どうしてこんなにも可愛いのだろうか。起こしてしまわないように近づいてじっと見つめる。

何時間でも見ていられそうだ。

「むにゃむにゃ……」

楽しい夢でも見ているのだろうか？

なんだかモゴモゴと口を動かしている。

その小さくて形のいい唇すらとても可愛らしい。

髪の毛の色も、肌も、目も眉毛も鼻も口も。手も、足も全部が愛くるしい。

「こくはくしゅるの……」

「……？　告白？」

聞き間違いでもしただろうか？

エルはまだこんなに幼いのに誰かに恋をして告白しようとしているのか？

一体、どこのどんな男を好きになったのだろう。

父親のような気持ちになっている俺は心配でたまらなくなった。変な男に騙されて誑かされるわけにはいかないのだ。

「しゅき……」

自分以外の男に向けられる愛の告白。何とも言えない嫉妬心に襲われて、俺はその場で固まってしまった。メレンが片眉をあげて嫉妬している俺を見て笑っているかのように感じる。

「笑うな！」

思わず大きな声が出てしまい、ハッとした。せっかく眠っているのを起こしてしまうのは可哀想だ。

「……どんな男のことを好きになったんだよ」

俺は髪の毛はぐちゃぐちゃにしてため息をついた。

ここで動揺している場合ではない。

エルをこのまま寝かせておいたら風邪を引かせてしまうので、ベッドに連れていこう。

そう思ってゆっくりと背中に手を差し込んで持ち上げようとした時、エルは大きな瞳をパッチリと開いた。

「だんちょーしゅき」

どうやら俺のことを団長と勘違いしてるな？

団長はいつもこんなに可愛い顔で好きだと迫られているのだろうか。

嫉妬心が湧き上がってきた。チクショー！

「エル、俺は団長ではないでちゅよ」

「……こくはく」

まさか団長に告白するつもりでいるのだろうか？

告白されたら嬉しいだろうけど、どんな対応していいのか団長は困ってしまいそうだ。困惑している団長の表情を浮かべると面白くて笑いがこみ上げてくる。でもやっぱり羨ましい気持ちのほうが強かった。

「……ん、ジーク？」

寝ぼけていたが意識がしっかりと戻ってきたようで、嫉妬に満ちた俺の顔を見て驚いている。

「どうちて、おこっていりゅの？」

俺は慌てて顔を笑顔を作る。

「怒ってない」

「こわいかおしてたよ」

「……色々あったんだ！」

「へんにゃの」

動揺する俺を見てケラケラと笑っている。

子供にからかわれて恥ずかしく頬が熱くなった。

エルを抱き上げてベッドに運び、寝かせた。

添い寝をしてエルを寝かしつけるためにお腹の辺りをやさしくポンポンと一定のリズムを刻みながら叩いてやる。

ところが何かに興奮しているようで目がギラギラと輝いていた。

「あした、だんちょーとゆきあしょびしゅるの。ジークもくる？」

だから明日告白するという話になっていたのか。点と点が繋がり線となり、俺の気持ちはだんだんと沈んでいく。

せっかく誘ってくれたのに残念ながら明日は任務がある。

「用事があって参加できないな……」

「しょっか、ざんねん」

悲しそうな顔されるが、エルにとって団長がいればそれでいいのかもしれない。

お見合いをして結婚するという噂が出ている団長だが、もしここからいなくなったらエルは寂しがるだろう。しかし、ここは独身寮なので結婚したら出ていくというのが決まりなのだ。

「エル、寝んね」

「うん、おやしゅみ」

とびきりのスマイルを向けてから瞳を閉じた。俺はそのビームにやられて頭を抱えてしまう。

「……くっそー」

か、可愛すぎる。

＊＊＊

目が覚めて外を確認すると晴天だった。これなら充分に遊ぶことができそうだ。

そして今日はティナが告白をする大事な日でもある。

私は自分のことのように朝から緊張していた。

午前中は魔法の練習をして、ランチを取り、十四時ぐらいから団長が来てくれて一緒に雪遊びをしてくれる。

日が暮れるまでの時間だからあまり長い時間ではないけれど、忙しいのに私と遊んでくれるなんてすごく嬉しい。

一日のスケジュールを頭の中で考えてから、着替えを済ませて早速朝食を食べた。ティナは顔がこわばっていてものすごくドキドキしているようだった。

「ティナ……ティナ！」

「あ、ごめんね……呼ばれているのに気がつかなかったわ」

周りにいる使用人にも心配されている。今日はどうか告白がうまくいきますようにと願うばかりだった。


スケジュールをこなして団長が迎えに来るのを待つ。

その隣でティナは落ち着かないのかそわそわとして手をスカートの上で握り締めている。

「ティナ、おちちゅいて」

「そ、そうね」

「まじゅ、いつものようにあそんで、とちゅうでプレゼントもってくるんだよ」

「ええ」

「ふちゅうにしててね？」

こんなに動揺していたら団長がすぐに様子がおかしいと気がつくのではないかと心配になってしまう。

ドアがノックされてそれだけでティナは体をビクッと震わせた。

「あーい」

私が返事をするとドアを開けて中に入ってきたのは団長と数名の騎士らだ。

そっか、私とティナと団長の三人だけで遊ぶのではなくて、数名で遊ぶことになっているのかぁ……。二人きりにしてあげられるチャンスがあればいいのだけれど、難しいかもしれない。

団長が近づいてきただけでティナは動揺して転んでしまった。団長が近づいて立ち上がるのを紳士的に手伝っている。

「ティナ、大丈夫か？」

「も、問題ありません。平気です……！」

彼女の手を持って立ち上がらせて至近距離で見つめ合っている。

まるで王子様とお姫様みたーい！

すごく似合っている！

夫婦になってしまえばいいのに。

「……わかったわ」

団長の瞳がこちらを向いたので私は慌てて笑顔を作った。

「エル、待たせたな。行こう」

「う、うん」

団長は私を抱き上げて庭へと連れていく。私まで緊張してしまった。

廊下を歩きながら楽しそうにおしゃべりしている団長の横でティナは借りてきた猫のように大人しくしていた。

庭に到着すると真っ白の雪が一面に広がっている。まるで綿飴のよう。下に降ろしてもらって私ははしゃいで走り出した。

雪の上にダイブ！

「ちゅめたーーーい」

「アハハハ、雪は冷たいものだ」

イケメンすぎる団長に遊んでもらって私はすごく嬉しい。

前世の記憶があるので大人のはずなのにやっぱり体は子供なので遊ぶことが大好きなのだ。

団長が雪で小さな玉を作って私に投げてきた。もちろん私の体に当たるようには投げてこない。楽しくなって私も頑張って手で雪玉を作る。ただ手が小さいので小さな雪玉しかできない。

「だんちょーいくよーーー、エイっ」

団長は私が投げた雪玉にわざと体を当てた。

「イテテ」

そして大げさに痛がってくれる。

私のレベルに合わせて遊んでくれているとわかるのに嬉しくて楽しい。

ところが私はハッとして、自分だけ楽しんでいたらダメだと思い出す。

今日は遊んでもらうことが目的だけではなく、もっと大事なことがあるのだ。

本日の主役がどこにいるかを目で確認すると、遠く離れたところからこちらをじっと見つめていた。

「ティナもおーいーでー！」

私は大きな声で呼ぶ。

「いっしょにあしょぼー」

声が空へと広がっていく。

「わかったわー」

私に聞こえるように返事をしてくれ、近づいてきた。

雪の玉を作ってティナに投げつけるが、呆然として反応してくれない。まるで上の空だ。

これから告白をするのだから仕方がないよね。

この世界では女性から男性に告白するということはものすごく珍しいことらしいのだ。それでも彼を思う気持ちが強いから告白しようと決意をしている。

だからこそぼんやりとしてしまうのも頷けるけど……。普通にしておかないと変だと気がつかれてしまうだろう。

どうにかごまかさなければと思い私は頭の中で考えた。

「ティナ……どうした？」

「なんでもないよねー、ティナー？　あ、しょーだ！　だんちょー、ゆきだりゅまちゅくって、おーきいの」

立ち上がった私は両手を広げてジェスチャーを大きく見せて雪だるまを作ってほしいと願いした。何かに集中してもらえれば、ティナの様子がおかしいことにも気がつかれないだろう。

訝しげな表情を浮かべている団長だったが、私が必死でお願いをするので気がこちらに向いて満面の笑顔を浮かべてくれた。

雪の中で見てもイケメンだし体が大きくてすごく素敵だ。って、私がときめいている場合じゃない。

「よっし、じゃあエルも、みんなも作ってくれ」

周りにいる若い騎士たちが腕を突き上げて張り切って雪の玉を作りはじめた。

われ先にと雪の玉を転がして大きな玉を作っていく。

団長は私に頼まれたのでその中でも一番張り切っていて、気がつけば大きな玉を二つ作っていた。

大きな玉を重ねたら雪だるまが完成するが、上に重ねようとしても重くて持ち上がらない。

みんなで協力して雪だるまを持ち上げた。

大きな雪だるまが完成し、石ころや木の枝を見つけてきて目や腕をつける。

「かわいい」

私も小さな雪だるまに自分で石をつける。ちょっといびつな顔になってしまったけれど可愛く完成して自分では満足していた。

そうだ。帽子をかぶせてあげたい。

このタイミングでティナにお願いして、マフラーを持ってくるのがいいかも。

「ティナ、おねがいがありゅの」

「何？」

「ぼうしとか、マフラーをゆきだりゅまさんにかけてあげたいから、もってきてくれる？」

私のお願いをすると彼女は合図だと思ったらしくしっかりと頷き、その場から立ち去った。

その間に私たちは小さな雪だるまをどんどんと作っていく。

団長も私に合わせてくれているのだろうけど、いつも以上に弾けて楽しそうにしてくれていた。

しばらくしてティナが戻ってきた。

どう考えても二人きりにしてあげる環境にはならず、私は息を潜めて見守ることしか出来なかった。

「帽子持ってきたわよ」

毛糸の帽子を雪だるまにかぶせてあげると可愛らしくて、雪だるまの表情が明るくなったような気がした。若い騎士らが歓声を上げる。

「可愛くできたな」

「うん!」

楽しい気持ちはあるのにさすがに寒くて、体がだんだんと冷えてきた。もうそろそろお開きになりそうだった。

なかなかタイミングが合わなくて告白できずにいるティナ。なんとかチャンスを作ろうと私は様子を窺っていた。

ティナの上着は中に手編みのマフラーを隠しているようで盛り上がっている。

勇気がなくてなかなか出せないみたいだ。

もう少し時間稼ぎをしなければいけないと思い私は知恵を振り絞った。

「ゆきだりゅまさんにまほうをかけましゅ！」

私が大きな声で言うとみんなの視線が集る。

魔法を使うのはまだ怖いのもあるけど、かなり練習を頑張ったので集中力も高まっている。

成功するかわからないけれど、自分が作った雪だるまに魔法をかけてダンスをさせようと思った。

「エル、大丈夫か？　無理をしなくてもいいんだぞ」

「みんなをたのしませたいのっ」

……あと、ティナのために時間稼ぎもしたい。

私がにっこりと笑って手のひらを雪だるまにかざした。

「ハーっ、だんしゅ」

手からビームが出てきて雪だるまが光りだす。そして手がピクピクと動き出し、まるで魂が宿ったかのように体が動きはじめた。

リズムをとって、ダンスをする雪だるま。

「おーーーーー」

大歓声が上がった。

そこに少し遅れてルーレイとジュリアンがやってきた。午前中の魔法の練習の時にもしよかったら午後から遊びに来てほしいと誘っておいたのだ。

私が勇気を出して魔法かけている姿を見た二人は、感動したような表情を浮かべていた。

「エル、頑張ったわね」

「偉いわ」

ルーレイとジュリアンは目を合わせて頷く。

「魔法をさらにかけていくわよ」

「エイっ」

雪だるまが次々に光り出しカラフルな色になっている。

ピンクや青や緑や黄色オレンジ。

そして雪が盛り上がり楽器の形に変わっていった。笛の形になったり、弦楽器の形になったり、鍵盤(けんばん)まで出現する。

「ソレ！」

号令をかけるとオーケストラのように演奏がはじまった。

その音楽に合わせて雪だるまたちが楽しそうに踊っている。

それを見ている騎士たちも楽しそうに踊りだした。私も楽しい気持ちになって体を動かす。

先ほどまで寒かったのに体がポカポカと温かくなってきた。

プロの魔術師の力は本当にすごいと見惚れてしまう。

私もこうして人を楽しませる魔法なら、どんどんやっていきたい。心が奪われていた私だが、ティナのことが気になった。

「……綺麗。すごいわ」

「ねーねー、ティナ、だんちょーとおどったら？」

「え？」

ティナは顔を真っ赤に染めているが、団長は気分がいいらしく、満面の笑みを浮かべてティナに手を差し出した。

動揺しながらも団長の手のひらに乗せた。小さな手が大きな手に握られて、ダンスがはじまる。

雪の上なのに魔法で滑りにくくなっていて、みんな上手に踊っている。

ティナは団長の誘導でくるくると回されて綺麗に舞っていた。

まるで王子様とお姫様を見ているように美しくて胸がときめく。

「しゅてき……」

キュンキュンする。

しかし――ドサッ。

ティナの体から何かが落ちたのだ。それは隠し持っていた手編みのマフラーの入った袋。

「あっ……」

「あーーーーー！」

ティナよりも私のほうが大きな声を出してしまった。団長が拾おうとしたよりも先にティナが手に持つ。

「それは何だ？」

質問されて顔を真っ赤にしながら瞳を潤ませている。

もう告白するなら今しかチャンスは残されていない。頑張れティナ！

ところがティナはその場で固まってしまい何も言えない。

団長は不思議そうな表情を浮かべて顔を覗き込んでいる。すると余計に身を竦めてしまうのだ。

「言えないようなものを隠し持っているのか？」

「……いえ、違うのです」

このまま告白できずに終わってしまうのだろうかと残念な気持ちで見つめていたが、ティナは大きく息を吸い込んだ。

勇気が湧いてきたのか瞳に力が宿り一つ頷いて、私に視線を送ってきた。私は心の中で頑張れと念を送る。

「団長にお渡ししたい物があるんです」

「俺に……？」

まさか自分へだとは思わなかったようで、かなり驚いている様子だった。その中身を知っている私は緊張で唇が乾いてくる。

誰よりも力が入ってしまい、気がつけば握りこぶしを作り真剣な瞳を向けていた。

「どうぞ受け取ってください」

「え？　あぁ……ありがとう」

きょとんとしている団長はその袋をじっと見つめている。

「中を見てもいいのか？」

「……は、はい」

許可を得てから団長は袋を開けた。どうか気に入ってくれますようにと私は心の中で願っていた。

中から出てきたのはマフラーだ。一目一目編んでいく途方もない作業だったが、愛する人のことを心に思い浮かべて頑張って作った。

周りの人たちも興味津々に見ている。

「これは、とても暖かそうだ。しかしこんなに手の込んだ物をもらってもいいのだろうか」

「だ、団長のことを思って作りました」

ティナは顔を真っ赤に染めて緊張しながら小さな声でつぶやいた。

「……俺のことを思って？」

「はい。私はずっと団長のことが………っ」

『好き』たった二文字の言葉なのに言えずに困っている。応援をしたいけれどここで私が口を挟むわけにはいかない。

「団長が結婚されてしまうと話を聞いて胸を痛めておりました」

「胸を痛めていた？」

何を言われるのか予想がつかないようで、両方の眉毛を上げてティナを見つめていた。

「私は……ずっと団長のことが好きでした」

先ほどまで賑やかだったこの場が静寂に包まれる。

頑張って告白したティナに拍手を送りたい気持ちだったが、まだ返事を聞いていないので私は黙っていた。

「他の方と結婚されるなんて悲しいです。私をお嫁さんにしていただけませんか？」

そこまではっきりと言われた団長は、やっと意味がわかったらしく顔を真っ赤に染めた。

「まさかそんなふうに思ってくれているとは……」

すぐに返事ができないようで困っている様子だった。

ティナが国王のいとこであるため、気軽に受けてもいい話と思えないのかな……。

「……実は、まだティナには話をされていないのかもしれないが、俺がお見合いを勧められていた相手は……ティナなんだ」

えーーーーーー！

予想外の展開に私は開いた口が塞がらない。

ティナも涙目になっている。

「ティナのことは面倒見（めんどうみ）がよくて可愛らしいお嬢様だとずっと思っていたから……そんなふうに思っていてくれるならこちらこそお願いしたい」

団長は恥ずかしそうにしながらも片足をついて男らしく手を差し出した。その手の上にティナが手を乗せると、婚約を誓う印として手の甲にキスをした。

次の瞬間祝福モードに包まれて拍手が沸き上がる。

私も手が痛くなるほど思いっきり拍手をして喜ぶ。

素晴らしい結果になってティナは安心したようだ。素敵な瞬間に立ち会うことができて、本当にありがたかった。

気がつけば空は真っ暗になっていて、雪遊びはお開きになった。

部屋に戻ってきた私はティナと抱きしめあった。

「おめでとう」

「ありがとう。エルちゃんのおかげで勇気を出してよかったと思っているわ」

勇気を出さないでも結婚する運命の二人だったということになるが、気持ちを伝えたことで彼らのこれからの未来は明るいに違いない。

ティナは団長と近いうちに国王陛下に挨拶に行くそうだ。

それから結婚の日取りが決まり、ここを出ていく日が決定するのだろう。

寂しいけれど盛大にお祝いしなければと私は心の中で思っていたのだった。

6　ダンスのレッスンをしました

私は国王陛下の命令でダンスの練習をすることになった。

この先もしかしたら王族として生きる可能性もあり、そうであればダンスができることは必要であると言われたのだ。

基本的にはもふもふとした動物と甘いものを食べてのんびりしたい性格なので、またやることが増えて私はうんざりしている。

騎士寮の中にある広い部屋には、全身を見ることができる鏡が備えつけられていた。まるでダンススタジオみたいだ。

自我が芽生えてきて人見知りをするようになった私は、ティナに隠れて顔をひょっこりと出す。

ブロンドヘアを綺麗に一本にまとめていて、背の高い女性の先生がこちらを見て笑顔を向けていた。

「はじめまして！　アンヌと申します。楽しくダンスレッスンしましょうね！　私が一流の女性に育ててさしあげます」

「……よろしくおねがいしましゅ」

テンションも高めだし気が合うような気がしない。

仕方がなくティナの陰から体を出して、先生の前に立つ。

「とっても美しいお顔ですわね。ダンスが上手になったら注目の的になれること間違いなし」

あまり注目されるのは好きじゃないんだけどな……。そんな気持ちを込めて苦笑いするが、先生には通用していないようだ。

背中にそっと手を当てられて背筋を伸ばされる。

「まず、姿勢をよくすることからはじめていきましょう」

「……あーい」

私の背中を支えながら手を上げてダンスするポーズをとらされる。

「とてもいいわよ。素敵」

先生は褒めるのが上手みたいだ。

褒められるとだんだん気持ちがよくなってきて私はレッスンする気になっていく。子供だからか脳みそが単純な構造になっているのかわからないけれど、乗せられやすい性格をしているのかもしれない。

「飲み込みが本当に早いのね。私も教えるのに力が入っちゃうわ。じゃあ手拍子に合わせて体を動かしてみましょう」

瞳を輝かせながら教えてくれる先生と、対照的にどんよりしている私が鏡に映っている。

「あ……」

体を動かすことはあまり好きじゃないけど、この前雪遊びをした時にみんなでダンスをしたことを思い出す。

団長とティナが踊っている姿がとても美しくて、憧れてしまった。

私も上手に踊ることができれば……。

大人になったらあんなふうにできるかもしれない。

やる気が出てくるポイントを見つければ私はどんどんとやっていくタイプだ。目標に向かって頑張っていけそう！

「がんばりゅ」

一時間のレッスンが終わり私はへとへとになっていた。

「とっても頑張りましたわね。また来週お会いできるの楽しみにしているわ」

「ありがとうございました……」

頭をペコリと下げて部屋を出ていった。

ところで瞳の色を変えることなくダンスレッスンをしたけれど大丈夫だったのだろうか。

ちょっと心配になるけれど、あまり気にしないようにしようと思った。

だってこれからおやつタイムだから！

いっぱい動いたからお腹すいちゃったんだもん。

＊アンヌ

エル様をはじめて見た時、こんなに美しい子供がいるのかと目が奪われてしまった。

陶器のようにつるりとした肌にブロンドヘアで、超絶可愛らしい。

私はダンスの先生として、色んな人を教えてきたが、こんなに記憶に残る生徒ははじめてだ。

エル様の担当をさせてもらえて、心から光栄だと思っている。

まだ幼い子供だけど、成長と共にさらに美しくなるに違いない。

世界中の男性が虜になるのではと想像するほど美人だった。

これでダンスを覚えたら絶対に注目の的だ。まだ幼いのに私が言っていることもしっかりと理解してレッスンを受けてくれた。ダンスといってもまだステップを踏んだりはできないので、私の手拍子に合わせてリズムをとる程度だ。

『あまりがんばりすぎてしまうと、つぎのひつかれましゅ』

子供なのに大人のような素振りを見せることもあってなんだか不思議な子だった。

どうしてここで育てられているのだろう？

誰の子供なのかはっきり告げられず、王宮からの命令で私はここへやってきた。

瞳の色が琥珀色だった。琥珀色の瞳は王族にしか出ないはず。王族の子供だったら騎士寮で育てられるなんて、不思議。

あの綺麗な二重。琥珀色の瞳。

どこかでダンスを教えた生徒に似ている気がする。誰だっただろうか？

私は下級貴族として生まれてきたが、親の代から王宮内に何度も出入りし、ダンスレッスンをさせてもらっている。

もしかしたら、私が教えた生徒の中にエル様の父親か母親がいるってこと？

気になって仕方がないけれど、何か事情があってここにいるのだから詳しいことはたしかめてはならない。

それが王宮を出入りする時の暗黙のルールであるのだ。

知り得た秘密は一般国民に口外してはならないという厳しい契約が結ばれている。だから私は見て見ぬふりをするのだ。

でもこれからエル様と一緒にダンスレッスンをしていけると思うと嬉しくて胸が温かくなった。

彼女を一流のレディにするために私も微力ながら力を尽くそうと思っている。

＊　＊　＊

今日は時間がたっぷりあったので、お昼ご飯を食べてからすぐにメレンと子犬たちと庭で追いかけっこすることになった。

みんなで追いかけっこしても私が一番遅いのだけど、走るのが大好きだ。

子供って体力を発散したい生き物なのかもしれない。

雪で真っ白な地面だけど天気がよくて暖かい日だった。

私が木の枝を見つけて触ろうとすると、ティナが慌てて止める。

「怪我をしてしまったら困るわよ」

「これをなげて、とってきてもらうにょ」

犬たちにボールを投げてくわえて取ってきてもらうという遊びをしたかったのだ。ボールがないので手っ取り早く木の枝がいいと思ったのに危ないと言われてしまった。

私の周りに集まってきた子犬たちは、期待に満ちた瞳を浮かべている。

「そういうことだったのね、ちょっと見せて」

手に持っても危なくないか確認してくれて大丈夫だと判断したらしく、許可をしてくれた。

「いくよー」

私が棒を持つと、メレンたちは目をキラキラと輝かせている。メレンは母犬になっても遊ぶのは大好きなようだ。

「それー」

木の枝を投げると犬たちは一斉にドドドっと走り出した。

こんなに必死で走るなんて思わなかったので笑ってしまう。

枝をくわえて最初に戻ってきたのはソラだった。

「いいこ」

私が頭を撫でて、もふもふを楽しんでいると、他のワンコたちも嫉妬して体を押しつけてくる。

まるで自分のことも触ってとアピールしているようだ。

私はあっという間に犬に囲まれて雪の上に倒れてしまった。

何度か木の枝を投げて遊んでいると楽しい笑い声が聞こえたのか、鳥さんたちが集まってきた。

動物に好かれるスキルが発揮されているのかもしれない。

うさぎさんや、たぬきさん、きつねさん、リスさんも来てくれた。

この状況を見てティナは驚いている。

「エルちゃんってやっぱり動物に好かれるのね」

「うんっ」

雪の上で遊んでいるのに、たくさんの動物が集まってきて体の周りにいるので全然寒くない。

いつまでも、もふもふに囲まれて遊んでいたい気持ちになった。

こうやって楽しい気持ちで過ごしていると、ふとサタンライオンのゼンイットのことを思い出す。呪いを解いてあげることができれば一緒に遊べるのに……。

同じ年齢ぐらいの友達がいない私にとってゼンは唯一の友人なのだ。

久しぶりにゼンに会いたいな。思いを馳せていると子犬らが私のほっぺたをペロペロと舐めはじめた。

「くしゅぐったいよ」

笑いながらいっぱい遊んだ。

寒くなってきたので部屋に戻って温かいミルクを飲ませてもらう。お砂糖がたくさん入っていてとても甘くて美味しい。体までポカポカと温まった。

部屋に一人になった私はどうしてもゼンのことが気になり外につながっている窓を開け

た。

外に顔を出してみるけれど姿を現してくれる気配がない。

寂しい気持ちが胸を支配したけれど、安易に姿を現してしまえば誰かに見つかって捕えられてしまう。

早く呪いを解いてあげるしかないのかもしれない。

でも今の私にはまだまだ冒険に出かけるのは遠い未来の話だろう。

＊　＊　＊

嬉しい知らせが届いた。

もう少しでスッチが退院できるそうで、午後からお見舞いに行けることになった。

手編みのマフラーは準備してあったけれど、せっかくだからお菓子も作ってあげたい。

私が伝えると早速調理場に連絡をしてくれて、おやつ作りをさせてもらえることになった。

早速調理場に向かうと、お菓子作りのリーダーのミュールが待っていてくれた。

「ようこそ。今日も美味しいお菓子を一緒に作りましょうね」

「うん！」

「何を作りたいか考えてきた？」

屈んで目を合わせて質問された。

お菓子を上手に作れるスキルを持っているので、想像すると頭の中にパソコンの画面が浮かび上がってくる。

スッチは食いしん坊なのでボリュームのあるお菓子が大好きだ。

そこで考えたのはシュークリームだった。だけど、こちらの世界に来てからシュークリームはまだ食べたことがない。どうやって伝えようかと私は悩んでいた。

「あのね……うーんと、きじをやいてクリーム、ちゅうにゅうしゅるの」

「すごい発想だけど……作ったことがないからちょっと不安ね」

ミュールは不安そうな表情を浮かべた。

「おねがい、ちゅくらせて」

私が必死でお願いすると仕方がないというように頷いてくれた。

「わかったわ。じゃあ、まずはどうしたらいいの？」

こんな小さな子供の話を真剣に聞いてくれるミュールはすごくやさしいと思う。

周りにいるスタッフは本当にお菓子が出来上がるのかと心配そうにして、万が一のために何か他のものを作るようだ。

「なべにバターとみじゅいれてとかしゅ。ひからおろして、そして、はくりきこいれてまぜまぜ」

「了解。まかせて」

その通りに動いてくれる。

ひとかたまりになったら生地の状態を見ながら卵を加えていく。

これを片言の言葉で伝えるのがとっても難しい。いちいち私に鍋を見てもらいながら判断を仰いでくれる。

「そろそろいいよ！」

出来上がった生地を好みの大きさに絞って、オーブンで焼けば生地が完成！

案外上手に出来上がったので調理場にいるスタッフはかなり驚いていた。

「これに、クリームいれりゅの」

「へぇ、こんなお菓子見たことないわ。エルちゃんって本当にすごいのね」

私の言った通りに生地にクリームを入れてくれる。

「美味しそう！」

試食をすることになりスタッフが集まってきた。

みんな大きな口を開けて頬張るとクリームが出てきて唇にくっつく。

「すっごく、美味しい！」

甘いものは世界を救うと思っている私は嬉しくて満面の笑みを浮かべた。

「おいちいね」

「こんなお菓子が思いつくなんて天才としか言いようがないわ」

ミュールが目を見開いて驚いている。

「大きくなったらここのお菓子リーダーをエルちゃんに任せたいくらいよ」

「やりたい！」

張り切って返事をすると大爆笑が沸き起こった。

「このお菓子の名前どうしたらいいかしら。パイのクリーム詰め？」

「シュークリームはどう？」

「可愛らしい名前ね！」

この国にシュークリームが広がりそうだ。

スッチも喜んでくれるだろう。

シュークリームが潰れてしまわないようにかごに入れた。

これで準備万端だ。

あとはお見舞いに行くだけである。その前に私もしっかりと味見をしておかなければ。

大きな口を開いて味見。うーん、美味しい！

＊ミュール

エルちゃんが大きな口を開けてシュークリームを頬張っている姿を見た私は、思わず笑みがこぼれた。

いつもお菓子のレシピを教えてくれるのでとても助かる。

はじめの頃はこんな子供が上手に作れるはずないと思っていたのに、大人でも思いつかないようなものを考えつくのだ。いつも私は感心していた。

まるで頭の中に本が入っているようなそんな表情を浮かべる。

お菓子のことを考えている時のエルちゃんは特に可愛い。そして出来上がったお菓子を美味しそうに食べているところなんて何日でも見ていられそうだ。可愛くてお菓子が作れてとても素晴らしい子供だと思っている。

「美味しぃね」

「うんっ」

鼻の上にクリームをつけてにっこり笑うので私の胸がキュンとなった。

早く結婚してエルちゃんのような可愛い子供が欲しいと思ってしまう。昔から子供が好きなほうだったけれどこんなに母性本能をくすぐられたことはない。

私は手を伸ばしてエルちゃんのクリームを人差し指でとって自分の口にペロッと入れた。

クリームの砂糖の分量も完璧だ。

こんな子供なのにどうしてわかるのだろうかと不思議になることがある。

エルちゃんの頭を割って中を見てみたい。

見た目は子供だけど頭脳は大人だったりして？

まさかそんなことがあるはずないと私は心の中で苦笑いをした。

でもそれほど彼女にはすばらしい才能がある。早く成長して色んな料理を教えてもらいたい。

これからも私は彼女と一緒にお菓子を作りたい。

これが私にとって一番幸せな時間だ。

しかもエルちゃんは自分がお菓子を食べたいというだけで作るのではなく、いつもお世話になっている騎士さんに喜んでもらいたいと言いながら作るのだ。

今日は入院している騎士さんのお見舞いの品を作りたいと言って、急遽調理場にやってきた。

どうしてこんなにも心やさしい子供なのだろうか。

何か事情があってここで育てられているらしいが、もしも育てる人がいなければ私が引き取ってもいいと思っている。

「おいちかったぁ」

結構な大きさのシュークリームもあっという間にペロリと食べてしまった。甘いものは食べるのが早いらしい。

「お見舞い気をつけて行ってきてね」

「うん！　ありがとー。バイバイ」

「またね」

手を振っていなくなる姿を見送ると私は寂しい気持ちに支配された。

いつも会えるわけじゃないからとても切なくなってくる。

またエルちゃんに会える日まで私もお菓子の研究をして美味しいものも作れるように頑張らなきゃ。

＊＊＊

私の魔法のせいで怪我をさせてしまったスッチのお見舞いにやっと行ける。

マフラーも準備したしお菓子も作った。

着替えも済ませてこれから出かけようと思ったが、急に足がすくんでしまった。

本当に怒ってないだろうか。

私の顔を見たら怪我をした時の嫌な記憶が蘇ってくるんじゃないかと心配になってしまう。

「エルちゃんどうしたの？」

ティナが心配そうに顔を覗き込んでくるが、私は頭を左右に振って無理矢理笑顔を作った。

「なんでもにゃいよ」

怖いけどちゃんと謝るしかないと思って気持ちを切り替えた。

玄関に行き外に出ると馬車が用意されている。乗り込んでドキドキしながらおとなしくしていた。

団長が一緒に付いて来てくれることとなり心強い。

病院に到着すると私は短い足でトコトコと歩き出す。しっかりとティナに手を握られていた。

病室の前に到着すると心臓の動きが速くなる。

団長がノックをすると中から声が聞こえてきた。

「どうぞ」

ドアを開いて中を見るとスッチがベッドの上に座っていた。目が合うと彼の表情が一瞬固まり続いて満面の笑みを浮かべる。

「エル！　来てくれたんだ！」

「スッチ……」

私は申し訳なさからゆっくりと近づいていく。

スッチは両手を広げて私が来るのを待っているようだ。すぐ近くにたどり着いた時、思いっきり強く抱きしめられた。

「エル～～～～～～、会いたかったよ～～～～～～～、エル不足で死んでしまうかと思った」

涙声でそう言われて私は安心して泣きそうになった。

しかしその感動をぶち壊すように、彼は私のほっぺに頬擦りをしてきて、思わず大型犬を連想してしまった。

「スッチ、しちゅこい」

「え？」

今日はやさしくしようと思っていたのに、ついついキツイ言葉をかけてしまう。だってとてもしつこいんだもん。

「スッチ……ごめんね」

「いいよ。こうして元気でまた会えたから」

「プレゼントもってきたんだ」

「えー！　俺のために？」

「うん、ちゅくったの」

「ありがとう」

もうすでに、涙でびちょびちょになっている。そんな彼の様子を見て私は胸が温かくなった。

「まずは、マフラーだよ」

ほとんどティナに作ってもらったけど、できるところは自分でやったつもりだ。首にかけてあげると嬉しそうに顔を歪めている。

「あったかい」

「かぜ、ひかにゃいでね」

「ああ、ありがとう」

嬉しいのか、解放してもらえたのにまた強く抱きしめられ、スッチの腕の中。

「いたいよぉ」

「あ、ごめん……」

ティナと団長が苦笑いをして、私たちのやり取りを見ている。

「おやちゅももってきたよ」

できたてのシュークリームを渡す。

「見たことがない食べ物だ。でもすごく美味しそう。いただきます」

病人とは思えないほど大きな口を開けて食べてくれた。

「エル、すごく美味しい！」

「よかった」

こんなに喜んでくれると思わず私もすごく嬉しかった。

「エル、魔法の練習頑張ってる？　宝石……。大きくなったら見つけにいくんだよね？」

「……うん」

五つの宝石を見つけて魔法を唱えると呪いが消えると言われているので、あまり行きたくないけど探さなければいけないのだ。

「サタンライオンたちがきっとエルが助けてくれるって信じてるぞ」

「……そうだね」

「だからこれからも魔法の練習頑張って」

私の魔法のコントロールが上手に行かなかったせいで怪我をしたのに、人の幸せを願って練習を頑張ってと言ってくれる。そんなスッチのことが私は大好きだ。

「わかった」

私は満面の笑みを浮かべた。

「ではそろそろ時間だから帰るぞ」

団長に声をかけられて私は寂しい気持ちになった。久しぶり会えたからもっと一緒にいたいと思ってしまう。

「かえりたくにゃい」

わがままだとわかるけど、ついつい口に出てしまった。頭ではわかっているのになぜか子供の言動になってしまうのだ。

そんな言葉を聞いたスッチは嬉しそうに鼻の下を伸ばしている。

「エルちゃん、団長にはこの後予定が入っているから、帰りましょう」

ティナが私を説得するように言った。仕方がないので頷く。

「スッチ、はやくたいいんしてね」

「ああ、頑張る。もう少しで退院できるから、そうしたらいっぱい遊ぼうね」

「うん、バイバイ」

寂しいけれど私は手を振って病室から出て行った。

ドン。

突然、ぶつかってなんだろうと思って見上げると、背の高いお医者さんが私のことを見下ろしていた。

「……宝石を見つける旅に出ると言っていたね？」

「え？」

「盗み聞きをしてしまって申し訳なかった」

そう言うとしゃがんで私と視線を合わせてくれる。

「実は数年前に不思議な石を拾ったんだ。どうしたらいいかわからなくてずっと持ち歩いていたんだが……」

お医者さんはポケットに手を入れて何かを差し出す。

その瞬間私の体が熱くなってきた。これは明らかに魔法の香りがする。

布に包まれているそれを開けると赤い輝く宝石が入っていた。

「……まほうしぇき」

「やはりこれは普通の石じゃなかったんだ」

独り言のようにつぶやいてお医者さんはそれをじっと見つめていた。

「これをいくつか探さなければいけないのか？」

どこまで話したらいいのかわからず私が困惑していると、団長が口を挟んでくれる。

「ええ。この世の中に五色あるそうなんですが、なかなか見つけることができなくて。いずれ国王陛下にお願いをして国民に広くお知らせをしてもらい、見つけ出そうと思っていたところなんです」

そんなことを考えていたなんて知らなかった。

団長はきっと私が旅に出るのが危険だと判断して私のことを思ってくれての考えなんだ

ろう。どこまでも団長はやさしい。

「そうだったんですね。ではこの赤い宝石はエルさんにお預けしたいと思います」

お医者さんは躊躇しながらも私の手のひらに乗せてくれた。ずしっと重たくて魔法が入っているせいか見た目よりも容量が多い感じがする。これはきっと私が探している五つの宝石のひとつだと思った。

私も魔法の練習をするようになったので、少しずつ魔法に関することがわかるようになってきているのだ。でも確実ではないので私の魔法の先生に見てもらうことにしよう。

「詳しい話はわかりませんが……サタンライオンを救ってあげてください。では」

お医者さんは白衣をなびかせながら颯爽と去っていった。

7　何かを探しているようでした

「エルちゃーーーーーーーん、こらー、まてー」

今日はメレンと子犬たちと一緒に雪遊びをしていた。

もう日が暮れてしまうので帰ろうと言われているのに、私は楽しくて走り回っている。

ティナが大きな声を出して私の名前を呼んでいるが、聞こえないふりして雪の上を駆ける。だって楽しんだもーーーーーーん。

「キャッキャ」

いつしか周りにはもふもふとした動物が集まってきた。

野生のうさぎさんや、たぬきさん、きつねさんがやってきた。

空では小鳥が楽しそうに飛んでいる。私はもふもふに囲まれているので何もかも忘れて必死で走って楽しんでいた。

脳みそが大人なのに、なぜか子供のような突拍子もないことをしたくなってしまうのだ。楽しくなるとコントロールがきかなくなるので困ってしまう。

さっきまで追いかけてきたティナだったが、急に立ち止まった。追いかけてこないことに不思議に思った私は歩みを止めて振り返る。

「ティナ、どうちたの」

「あれ……ない」

すごく焦って何かを探しているようだった。いつも冷静な彼女があんなにも取り乱している姿を見たことがない。

ゆっくり近づいていくとティナは何かを探しているようだ。

「……ティナ」

「おばあさまの形見……。いつも大事に手首につけていたのに……切れてしまって」

たしかにちょっと古い布で作られたブレスレットのようなものを手につけていた。走っている時に切れてしまってどこかに落としてしまったらしい。

太陽がだんだんと沈んできて空が薄暗くなってきて探しても探しても見当たらなかった。

「風邪を引いちゃうから帰りましょう」

「でも、だいじにゃのに」

「……うん。でも暗くなっちゃうから。明日、探してみるわ」

ものすごく肩を落としていた。

私のせいでこんなことになってしまったんだ。

しょぼんと落ち込んでいるとメレンがほっぺたをペロッと舐めてくれた。落ち込まないで……と慰めてくれている。

部屋に戻ってきたけれど私は意気消沈……。

私のせいで大切なブレスレットをなくしたんだ。どうしてティナの言うことをちゃんと聞かなかったんだろう。

そのことばかり気になって食事をする気にならなかった。

あまり食べない私を見てティナはやさしく笑ってくれてたけど、大切なものをなくしてきっと気にしているに違いない。

その日の夜はマルノスが担当だった。私が元気がないことを心配している。

「何か悲しいことでもありましたか？」

「じちゅはね」

黙っていようかと思ったけれど、すべてを包み込んでくれるようなやさしい瞳で見つめられるとつい甘えたくなる。

「ティナの……いうこときかなくて……おいかけしゃせてしまったの……しょれで、だいじなものなくしちゃったのっ……」

事情を話すと真剣に聞いてくれた。

「エル様は気にすることないですよ」

そうは言われても私がわがままを言わなければ、大切なものをなくすことはなかったかもしれない。

「まずは、今日はゆっくり眠ったほうがいいです」

マルノスに諭された私はおとなしくベッドへと向かった。

「おやすみなさい」

暗くされたけれど私は全然眠ることができず大きな目をパッチリと開けている。なかなか眠らない私に話しかけてくれる。

「エル様は、おやさしいのですね」

「……だってだいじなものだもん」

「明日、騎士に周知をして全員で探すように伝えておきます」

「ありがとう」

ティナの大事なものが見つかるといいなと思いながら、私はそっと瞳を閉じた。

次の日、騎士がみんなで探してくれたけれど、ブレスレットを見つけることができず、私はさらに落ち込んでしまった。

でも、ティナはあまり気にしていない様子を見せてくれる。

「エルちゃん、いいのよ」

「……でも、おばあちゃんからもらっただいじなものでしょ？」

「気にしないで。私がたまたま腕につけていたのが悪かったのよ」

私はどうしてもそのことばかり考えてご飯もおやつもあまり食べなかった。彼女の前ではせめて元気な素振りを見せようと思うけれど、申し訳ない気持ちが勝ってしまってだんだんと落ち込んだ。

騎士が総出で探してくれていることを知ったティナは「みなさんの時間を取らせてしまうからもういいです」と捜索活動を中止してしまった。

尚更申し訳ない気持ちで胸がいっぱいになっていた。


それから数日経ってもやっぱり、ブレスレットは見つからなかった。

もしかして、動物たちが一緒に遊んでいたから森の中に持って行ってしまったのかもしれない。

森にはサタンライオンがいるからとの理由で立ち入ることは禁止されている。どうにかして見つけにいく方法はないのだろうか。

寒そうな空を見つめながら私はぼんやりと考えていた。

「あ……」

ゼンに頼めばいい。いいことを思いついたと思った私は早速、外につながっている扉を開いた。

冷たい風が入ってきて怖じ気づきそうになったけれど、何としてもブレスレットを見つけ出してティナを喜ばせたい。

扉を開けるといつも来てくれるわけではないけれど、なんとか会いたいとテレパシーを送った。

するとザクザクと足音が聞こえてきた。ゼンがやってきたのだ。

「ゼン」

《エルが僕のことを呼んでいる気がしたから。でも寒いから風邪をひいてしまう》

彼は本当にやさしい。いつも気遣ってくれる。

《どうしたんだい？　何か困ったことでもあったのか？》

私は大きく頷いて、説明をはじめた。

「ティナのだいじなもの、なくしちゃったの」

おいかけっこをしていてもしかしたら動物が持って行ってしまったかもしれないと話す。

「みちゅけたいの」

《気持ちはわかるけど……、外に行くのは危険だと思う》

言っていることはわかるけれど、どうしても納得できない。

「もりにあんにゃいして」

心を込めてお願いしてもゼンはなかなか頭を縦に振ってはくれなかった。

「おねがい！」

それでも諦めきれずにお願いする。ティナが無理して笑う顔をもう見たくないのだ。

《……わかった。今日は天気もあまりよくないし暗くなってしまうから》

「いまからいく」

夕食の時間までまだ二時間くらいあるから、少しでもいいので探しに行きたい。

《……じゃあ、三十分だけだぞ？》

「うん！」

私が出かけることに気がついたメレンは、近くに置いてあった上着をくわえて持ってきてくれた。なんとか自分で羽織ることができ、出かける準備は万端。

「メレン、だれかこないかみはってね」

念のために部屋に人が入ってきたら困るので、ベッドに大きなぬいぐるみを置いて布をかぶせておく。そうすれば入室した人は私が眠っていると思って安心して部屋を出ていくだろう。

私は早速外に出た。

ゼンが私のことを抱き上げて、足早に走り出す。

裏道なので警備は甘く、あんまりチェックされていない。

部屋を出て勝手にどこかに出かけるなんてしたことがないので、心臓がドキドキとしていた。でも、ゼンがそばにいてくれるから安心だ。

身を低くしてなるべく見つからないように早く歩いてくれた。

《しっかりつかまって》

「うん」

あっという間に森の入口に到着した。

私は顔を上げて、ゴクッと唾を飲み込んだ。絶対に入ってはいけないと言われている場所に足を踏み入れるのは緊張する。

《ついたぞ》

でも冷静に考えれば怖がる必要はない。だって、入ってはいけないという理由は、サタンライオンがいるから。

サタンライオンが危険な生き物ではないと知っている。

この森には、野生の動物がたくさん暮らしているそうだ。動物に好かれるスキルを持っている私は無敵である。

《エル、あまり時間がないから少し聞き込みをして帰ることにしよう》

「わかった」

森に入るとすぐに動物たちが集まってくる。
小鳥が嬉しそうにピーピーと鳴き出した。
《エルちゃんだー》
《エルちゃんどうしてこんなところにいるの？》
次に来たのはリスさん。くりくりの目を向けて嬉しそうにしてくれている。
うさぎさんがピョンピョン跳ねながらやってきた。
たぬきさん、狼さんも大歓迎だ。
みんなは突然の私の訪問に驚いているようだ。
私もみんなに会えるのが嬉しくてついつい顔がゆるんでしまう。
「みーんなー！　だいしゅき」
もふもふに囲まれてめちゃくちゃ最高だ。
あまりにも楽しいのでついつい本来の目的を忘れてしまう。
《エル、探し物があるんだろう？》
ゼンに言われて私は我に返った。
「しょうだった」
みんなに視線を向けて私は一生懸命話しはじめる。
「あのね、うでにつけるわっか……もってる？　なくしちゃったの」

しんと静まり返り、みんなわからないというような顔をした。

やっぱり見つけられないのかとがっかりした時、うさぎさんが近づいてきた。そして残念そうな顔をしながら手に持っていたのは、探していたブレスレットだった。

《……これかな？》

「それ！」

《あまりにも可愛いから拾って持って帰ってきちゃったの。エルちゃんの大事な物だったのね。ごめんなさい》

「そうだったんだ……、たいせちゅなの。かえしてくれる？」

うさぎさんは残念な表情を浮かべて頷いた。

ブレスレットを受け取った私は安堵し胸に温かいものが広がっていく。これでティナを悲しませなくて済む。

空を見上げるともう薄暗くなってきていた。夕食の時間が近づいてくるから急いで帰らなければ。

「ありがとう、じかんだから、かえりゅね」

そう言って歩きはじめた時……。

「わあああああああ」

足を滑らせて体が下に落ちていく。

《エル！》

運悪く私は穴の中に落ちてしまった。

雪がクッションになって幸いなことに意識を失うことはなかったけれど、這い上がろうとしても、穴は深くて上がるのはかなり厳しそう。空が……地上がかなり遠く見える。状況を把握した私は体がだんだんと震えだす。

「ゼンっ、こわいよ」

《怪我はしてないか？》

「えーーん」

あんまりにも強い恐怖心に襲われて私は言葉にならず涙が出てくるばかり。勝手に森に来てしまったことに後悔した。

「えーーーんっ」

その時、私の頭の中にフラッシュバックしたのは、幼い頃に母親に捨てられたシーンだった。

あんなに赤ちゃんの記憶が残っているなんてびっくりだ。

それは前世の記憶を残したまま転生してきたからかもしれない。

あの時も怖くてたまらなかった。

そしてもう大好きなお母さんに会えないんだと思うと寂しくて仕方がなかった。でも狼さんたちが私のことを守ってくれたんだ。

この穴から抜け出すことができなかったら、私の今回の人生はこれで終わってしまうのだろうか。

急に死の恐怖が近づいてきて体が震えだす。ゼンが助けようとして、穴の中に入ろうと試みているが、暗くてよく見えない。

それでも彼は体を張って、私を守ろうとしてくれていることがわかった。

私は立ち上がって両手を伸ばすが到底届く距離ではない。

この穴は、すごく狭い。

「エル！　どこにいるんだ！」

「エル様ｰいらっしゃったら返事をしてください！」

「エル！」

いつも聞き慣れている騎士の声が聞こえてきた。

彼らはどんな時も私のことを守ってくれる。

兄弟のような父親のような……母親のような安堵感を覚えて私は涙で顔がぐちゃぐちゃになった。

「サタンライオンめっ」

外の状況はわからないけれど、団長がゼンのことを見つけたようだ。

「お前がエルを誘拐したのか？」

「ウォーン！」

人間にはサタンライオンの言葉が理解できない。

『違う』と必死で否定しているのに、騎士団は警戒を強めているような雰囲気だった。

もしかするとゼンが殺されてしまうかもしれない。今度は違う意味で焦りだした。

「サタンライオンはやはり人間を喰い物にしているのだ」

「呪いがかけられているっていう話だったか……それは信じ難い」

「殺すしかありませんね」

マルノスから恐ろしい言葉が聞こえてきて私は焦りだす。

「まってー！」

井戸の中から思いっきり声を出して、必死で止めた。

私の声に気がついた団長が覗き込む。

「そこにいるのか？」

「うん！　ゼンはわりゅくないの」

「今助けてやるからな」

安堵した。しかし、大人が入って来ようとしても穴が小さすぎて入れない。

「エル様！」

「マルノス！」

「まずは、このサタンライオンを処分してから救出するか」

団長が恐ろしいこと言ったので私は大きな声を出す。

「サタンライオンは、わわりゅくないの！　おねがいっ、ころしゃないで」

「ウォーン！《僕が助ける》」

ゼンの体の大きさであれば穴の中に入ることが可能である。僕が助けると言っているのに、みんなには言葉が通じないから、私を喰い殺そうとしようと思っているようだ。

「お前にエルは渡さない」

「ウォーン！」

上でどんなやりとりがされているか言葉が聞こえるが、状況が見えない。

「……団長、このサタンライオンまだ子供ですね」

マルノスが少し冷静に話しかけている。

「あぁ……そうだな」

「もしかして、エル様と友達になっているのでは？」

「ウォン《そうだよ》、ウォーン《誰よりも大事に思っているんだ》！」

必死で《そうだよ》と言っている声が聞こえてきた。

「エルは動物に好かれる可愛らしい子供だが……さすがに友達になるのは考えにくい」

「なあ？　もしかしてエルを助けようとしてくれてるのか？」

ジークが話しかける。

「ウォーン《助けられるのは僕しかいない》」

一生懸命答えているが、何を言っているのかわからないようだった。

「……もし本当に呪われているだけで、人間を襲わないとしたら」

団長は判断を誤らないようにものすごく考えながら話をしている。

「この穴に入れるのは子供しかいない。でも本当にサタンライオンにお願いしてもいいのか」

「エル様が凍(こご)えて死んでしまいます。一刻も早くここから出して差し上げなければ……」

たしかにこの中はひんやりと冷えていて体の体温が奪われていく感じがした。一晩ここで過ごすのは無理であろう。

早く脱出しなければ命の保証はない。

「……しかし、人間を食べて生きているという話を聞いたことがある」

ジークが苦しそうな声を出した。

「おしょわないよ！　たべないにょ！」

私が真剣な声で訴えると静まり返った。

「……エルを助けてくれるのか？」

「ウォーン」

団長とサタンライオンのやり取りが聞こえてくる。誰か早く助けて……。寒くて凍え死んでしまいそうだよ。

＊サシュ

手が空いたマルノスがたまたまエルの部屋を見に行ったところ、姿がなかった。

ベッドで眠っているのかと思ったら、ぬいぐるみが隠されていたという。そしてメレンがしきりに動かない場所があって何かと思ったら隠し扉があったのだ。

まさかここから出たとは思わず念のため確認したら小さなあしあとが見えた。

いつも外に散歩に行きたいと言っているからもしかして一人で行ってしまったのかもしれない。

外を見ると雪が降ってきて段々と冷え込んでいた。

まずいと思いすぐに仲間を招集して俺たちは探すことにした。

「足跡を発見しました」

確認に行くと小さな子供のものと動物のようなものがあった。もしかしたらサタンライオンに襲われたのかもしれない。背筋に寒気が走り俺たちは急いで森へと向かった。

耳をすますと助けてと叫んでいる声が聞こえる。

……これは間違いなくエルの声だ。

絶対に彼女を守り抜くため全力で走りぬく。するとそこにはサタンライオンの子供がいた。

小さな深く掘られた穴にエルが落ちてしまったらしい。すぐに助けようと思ったが大人が入れるスペースがなかった。

エルは動物の言葉がわかるらしい。このサタンライオンは悪いことをしないと必死で訴えているそうだ。

早く助けなければ大事なエルの命が危ない。他の動物に頼むと言ってもそれは無理難題だ。

二本足で歩いているサタンライオンを信じて助けてもらうしかないのか。

頭の中でぐるぐると考えるが何が一番正しい決断なのかはわからない。

俺はじっと子供のサタンライオンを見つめた。

純粋な透き通ったキラキラとした子供の瞳だった。

人間を襲うと言われていたのは、大人限定なのだろうか？

直感でしかないがこのサタンライオンが人間を襲うなんて考えられない。

いや本当に信じてもいいのか。

「団長、ご決断をしてください。エル様の体温が奪われてしまい、命が危ないです」

マルノスはいつも冷静なのに、少々興奮しながら話しかけてきた。

それほど危険な状態なのだ。言われなくてもわかっている。

「だんちょー……ゼンはいいひとなにょーーーー！」

中から声が聞こえてくる。

もう時間がない。

俺はサタンライオンの子供に賭けるしかないと思った。

おそるおそる近づいて、サタンライオンの子供の肩に手を置いた。ぬくもりが伝わってきて心臓が過剰反応する。

万が一刺激してしまえば急変して喰いつかれてしまうかもしれないのだ。しかし、このままだとエルが凍死してしまう。

「頼む」

「ウォーン」

「もし、エルに手を出したらただじゃおかない」

「ウォン」

信じてほしいというような瞳を向けられた気がする。

このサタンライオンだってまだまだ子供だ。恐ろしいだろうに頑張って入ろうとしてくれた。

救出するために持ってきていた太い紐を体に結びつけた。

サタンライオンはゆっくりと穴に手をかけて上り、下へと降りていく。かなり深いようでスルスルと紐が伸びていった。

こんな深いところに落ちてしまったのにエルが生きていてくれて感謝だ。

祈るような気持ちで、無事に救出が終わることを見守るしかできないのがもどかしかった。

「ゼン、たしゅけにきてくれた」

「ウォーン」

穴の中から雄叫びが聞こえてきたので、まさか食べられてしまうのではないか。

「エルに手を出したらただじゃおかないと言っただろう」

強い声で牽制するがエルを襲う様子はなかった。

しっかりとエルを抱きしめてくれたようだ。

「エルに紐を結んでくれ」

こう声をかけるとそのようにやってくれる。

そしてまずはエルだけを引き上げていく。

体力が奪われていて体の力が抜けているので、かなり重たくなっていたがいつも鍛えている俺たちは必死で引き上げた。

そして無事にエルは救出され、拍手と歓声が沸き上がる。体が冷え切っているので抱きしめて体温で温めた。しかし、エルは落ち着かない表情で穴の中を見つめている。

「だんちょー……、ゼンをたしゅけて」

「……ああ」

お願いされたが躊躇してしまう。

このまま助けなければ、憎き存在を閉じ込めておくことができるのだ。しかし、大事なエルを助けてくれた。

今までは危ないからということで存在を抹消することに命をかけてきたが、呪いをかけられているだけなのかもしれない。

そうであれば命を救わなければ、一生後悔してしまう可能性がある。命はどんな生き物も平等であるのだ。

「助けよう。しかし捕らえておく必要がある」

「だんちょう……」

なんでそんなにひどいことを言うのという表情をされたが、万が一危険な目に遭ってしまっては困るのだ。

エルは体がだんだん冷えて一瞬意識が遠のいていく。

「マルノス、エルを医者に診てもらってくれ」

「かしこまりました」

愛しいエルを手渡して、残った騎士でサタンライオンを救助することになった。


目が覚めると私は自分の部屋のベッドの上にいた。

「ゼンっ」

ガバッと起き上がるとティナが心配そうに私の顔を覗き込んでいる。

「エルちゃん、目を覚ましてくれたのね」

「……ティナ」

大事に持っていたブレスレットはどこに行ったか視線をキョロキョロ動かす。

「私のブレスレットを見つけに行ってくれたのね。ありがとう。大事に箱にしまわせてもらったわ」

無事に手元に戻ったことを知ることができ、安堵した。でも、ゼンはどうなったのだろうか？

「ゼンは？」

「もしかしてサタンライオンのこと？　名前はゼンっていうの？」

「ゼンイットっていうの……ころしゃれてにゃい？」

「ええ、大丈夫よ。でも何をするかわからないから一応、檻（おり）の中に閉じ込めているって言っていたわ」

そうなると両親に会えないということになる。

自分のせいで可哀想なことになってしまった。

「……かわいしょうだよ」

考えるだけで胸が痛くなって瞳に涙が浮かび、大粒の雫がぼろぼろとこぼれた。

「泣かないで」

頭をやさしく撫でられるが、助け出すことができないか必死で考えた。

人を襲わないという言葉が団長らに通じればいいのだろうが、呪いを解いてあげなければわからないのだ。でも、今の私にはまだその呪いを解いてあげられる力がない。

魔法の玉もあと三つも見つけなきゃいけないのだ。ルーレイとジュリアンに相談してなんとか力を貸してもらえないだろうか。

その方法がわかっていれば、とっくに試しているだろうけれど……。

「すぐに殺されないと思うし、エルちゃんを助けてくれたから悪い生き物ではないとみんな思いはじめてるから、今は安心してゆっくり眠ってほしいの」

諭すように言われた私は頭を左右に振った。

「ルーレイとジュリアンにあいたいにょ」

「……でも、体力を使ってしまっているから無理してはいけないわ」

「おねがい」

私が困った顔をすると、相談してくると言い、部屋から出ていった。


しばらくして、団長が入室する。

「体調は大丈夫か？」

「だんちょー、ゼンにあわしぇて」

必死でお願いする私の様子に少々驚いている。

「殺したりしないから大丈夫だ。呪いが解けるまでは様子を見させてもらう」

「でも、なんねんかかるかわからにゃいよ。あいたいの。だいじなひとにゃの！」

私の真剣な想いが伝わったのか、団長の表情が少々変わったように見える。

「……エル、あのな」

説得を試みようとしているところに、ルーレイとジュリアンが入ってきた。ティナが後ろからついてきた。彼女が呼んできてくれたのだ。

「エル……大丈夫？」

二人は団長を押しのけて、心配そうに近づいてきて抱きしめてくれる。色んな人に心配されて愛されていることを感じた。

ルーレイとジュリアンにも、ゼンの本当の気持ちを伝える方法はないか一緒に探してほしいとお願いした。

二人は目を合わせて困った表情を浮かべていた。

「獣人研究家のマーチンがね、短い時間なら言葉を話せる呪文を見つけたんだけど……」

「ものすごく長くて複雑で覚えるのが超大変なの」

「え？」

それでも自分の気持ちを伝えるチャンスがあるなら、呪いが解けるまで安全な場所で暮らせるかもしれない。

「にゃんとか、おぼえて」

「えー……」

そんなこと言われても困るというような表情をしているけれど、二人は目を合わせた。

「とても大事なことだよね。わかったわ」

それから数日後、二人は一生懸命呪いを解く呪文を覚えてきてくれた。

早速、ゼンがいる檻へ連れていってくれる。

地下にあり、空気が冷たいところだった。こんなところに入れられているなんて可哀想で仕方がない。ゼンは隅っこで体育座りして黙っていた。

「ゼン！」

「ウォーン……」

悲しそうな声に胸が締めつけられる。

「ごめんね……」

「ウォン……」

家族に会いたくてたまらないという感じだった。きっと両親も心配しているだろう。

「じゅもんをおぼえてきたによ。ことばしゃべれるようになるから」

片言で説明しても意味がわからないというような表情を浮かべられた。代わりにルーレイが説明してくれる。

「私たちが呪文を唱えると、五秒だけ言葉を話せるようになるはず。一番伝えたいことを言ってください」

「ウォーン」

たった五秒……。

少なすぎて私は唖然としたが、短いけれどチャンスなので想いを伝えてもらおう。頑張れと応援することしか今の私にはできなかった。

「では行きます」

　ジュリアンが目を閉じた。

　その隣でルーレイが石のついたスティックを、ゼンにかざす。

「ギャアア、ピピャッチェル、シャルットリン、ボーランド、オギャンテーノトリット、XXXXXXXXXXX、XXXXXXX、XXXXXXXXXX、XXXXXXXXXXXXXXXXX、XXXXXXXXXXXX、XXXXXXXXXXXXXXXXXXXXXXXXXXXXXXXXXXXXXXXX、XXXXXXXXXX、XXXXXXXXXXXXXXXXX、XXXXXXXXXXXXXX、XXXXXXXXXXXXXXXXXXXXXXXXXXXXXXXXXXXXXXXX、XXXXXXXXXXXXXXXXXXXXXXXXXXXXXXXXXXXXXXXX、XXXXXXXXXXXっっっ！」

　あまりにも長くて私には到底覚えることができないと思った。

　こんなに苦労して呪文を唱えるのにたったの五秒だけしか効果がないなんてあまりにも切ない。

　すべてを唱え終えたジュリアン。

　スティックの石がキラキラと輝き、光が固まってゼンの体の中に入っていく。

　眩しくて思わず目を細めた。

「僕たちは人間を襲うことはしません。エルは僕の大切な友達です。呪いをかけられてしまって……ウォーン」

めちゃくちゃ早口で言ったけれど途中で終わってしまった。

でも大事なことは伝わったはずだ。

団長は今の言葉をしっかりと聞いていたから。

「……そうだったのか。国王陛下にも言葉を聞いてもらいたい。その上でどう判断していただくか」

「ちょっと、待って。そしたらまた呪文を唱えなきゃいけないってこと？」

ジュリアンは不服そうな表情を浮かべながら団長に質問した。

「できればお願いしたいのだが……」

何度も何度も唱えられるような呪文ではない。

「めちゃくちゃ長くて死にそうになるのよ？　あぁでも、……国王陛下のお願いということだったら断ることができないわね」

仕方がないと言うようにつぶやく。

「おねがい」

私からも必死でお願いをすると、ジュリアンがやさしい瞳になった。

「可愛い、可愛い、エルのお願いなら私頑張っちゃうわ！」

「ありがとう」

ゼンに視線を動かすと、少しだけ安心したような表情をしている。でもやっぱり家族と離れ離れになってしまって寂しそうにしていた。

それから数日後、国王陛下が直接話を聞きに来ることになった。

私は朝から国王陛下にちゃんと気持ちが伝わるようにとドキドキしていた。

せめて危険な存在じゃないとわかってもらいちゃんと森に帰してあげたい。もしくは、元々は人間だったのだから人間らしい生活をさせてあげたい。

ティナに髪の毛を綺麗に整えてもらいながらそう考えていた。

「さ、行きましょう」

「うん」

立ち上がると私のことを迎えに来たマルノスが目を細めた。

「本日もとても可愛らしいですね」

いつも可愛いと言ってくれる。恥ずかしいけれど、褒められると嬉しいものだ。

地下室に到着し、檻へ目をやると、ゼンが立ち上がってこちらに近づいてきた。今日の日を待っていたらしい。

「ウォーン」

「うん、ちゃんときもちちゅたえてね」

私たちが会話しているところを見て周りにいるたくさんの人たちは驚いていた。

「エルちゃんは動物の言葉がわかるのね」

「選ばれし者なんだよ、きっと」

生まれ変わって来る時に動物に好かれるスキルをもらっただけなんだけどね……。心の中でそう思いながらも私は何も言わず微笑を浮かべていた。

「国王陛下が到着しました」

部屋の空気が厳粛（げんしゅく）なものに変わり、入口に視線を動かす。

たくさんの護衛に囲まれた国王陛下が入ってきた。厳しい表情を浮かべているが私の姿を見た瞬間顔が緩む。

「エル、今日も可愛らしい」

「あたらしいどれすでしゅ」

「ドレスも可愛いが、エルは何を着ても似合うな」

ピリついていた空気が少し穏やかなものに変わっていく。

しかし、国王陛下がゼンの前に立った時、この世に見たことがない恐ろしいものを見たような目をした。それだけこの世界ではサタンライオンは恐れられていたのだ。

「ウォーン」

「……これが野生のサタンライオンか」

国王陛下は実際にサタンライオンを目にしたことがなかったらしい。

「絵で見るよりも、可愛らしく見えるな」

「ウォーン」

「はじめまして。グラシェルだ。今日は君の話を聞きにやってきた」

「ウォーン」

「ゼンイットでしゅって、いってましゅ」

私が通訳すると国王陛下が頷く。

「そうか。ゼンイットというのか。まるで人間のような名前だ。やはり呪いをかけられた存在なのかもしれない」

感慨深そうに言い、ジュリアンに視線を動かす。

「では、頼む」

「……かしこまりました」

ジュリアンは大きく息を吸って呪文を唱えはじめた。

「ギャアアア、ピピャッチェル、シャルットリン、ボーランド、オギャンテーノトリット、XXXXXXXXXXX、…………」

相変わらず複雑すぎる呪文で、私は一生覚えることができないと思ってしまった。

ジュリアンがまた死にそうになりながら呪文を唱え終えた。

「僕たちは人間を襲いません。憎むべきは悪魔です」

あっという間に五秒が過ぎた。その言葉にここにいた全員が静まり返り、考え込むような表情になった。

『獣人は悪さをしない。この世界を支配しようとした悪魔が魔法をかけた存在である』

獣人研究家マーチンが持っていた本の中に書かれていた言葉だ。

話を聞いた国王陛下は、サタンライオンに頭を下げた。

「今まで辛い思いをさせてしまっていて本当に申し訳なかった」

ゼンは頭を左右に振っている。

「きみたちは、見た目は動物だが心は人間だ。どのようにして暮らすのが一番いいのだろうか？」

質問されたけれどもう呪文が切れているのでゼンは話すことができない。そこで私の登場だ。通訳として役に立つ。

「あのね、ふちゅうにいえでくらしたいといってましゅ」

質問の答えを聞いた国王陛下が顎をさすりながら、困った表情を浮かべている。

「そうだったのか。しかし国民が恐れてしまう場合もある。ここの近くに家を建てるから、その敷地内の中で生活してもらうというのはどうだろうか」

国王陛下の提案にゼンはすごく喜ぶ。

「なるべく早く作ることを約束しよう。それまではエルと一緒に暮らしていてくれるか？」

「ウォーン」

檻から出してもらうことができたゼンは、嬉しそうに私を抱きしめてくれる。

周りにいる騎士が殺気立ったが、すぐに穏やかな空気に戻った。


その日の夜から、ゼンは私の部屋で過ごすことになった。

数日後にゼンの案内で森に連れていってもらい家族に挨拶して来る予定だ。

食事の時間には、ティナとジークも一緒に食べることになった。全員が揃うと配膳がはじまる。ゼンは瞳を輝かせながらその様子を見つめる。

テーブルにサラダをはじめ豪華な食事が準備された。

「ウォーン《美味しそう！》」

「だね」

いきなり雄叫び（おたけ）びをあげるのでみんな驚いているが、先ほど危険な生き物ではないと判断されたのですぐに穏やかな空気に戻る。

姿がライオンなので人間と一緒に過ごしていると思えないのかもしれない。

ゼンは生まれてからずっとサタンライオンだったので、人間らしい生活をしたことがなかった。しかし、両親はフォークやナイフの使い方をしっかり教わっていたらしい。

《いつ人間に戻っても人間らしい生活ができるようにと教育してくれていたんだ》

「へぇ、そうだったんだね」

ティナやジークは「ウォーン」しか聞こえていないので通訳をするのが大変だったけれど、みんなで温かくて美味しい食事をすることができた。

美味しい物を食べたら眠くなってくる。ゼンと大きな口を開けてあくびをすると、ティナとジークが穏やかな表情を浮かべて笑っていた。

私とゼンは本当の兄妹のようにずっと一緒にいた。

ダンスのレッスンにもついてきたし、魔法の練習も見学していた。部屋に戻ってきたら二人で絵本を読んで。ワンコたちとも楽しく遊んだ。

これからも永遠にこうして暮らしていけたらいいなと思ったけれど、家族がいるのだから家族の元に返してあげるのが一番だ。

「何か困ったことはありませんか？」

声をかけられて視線を動かすと、マルノスが部屋に入ってきた。

＊マルノス

ゼンイットとエル様は二人寄り添って絵本を読んでいた。その姿はとても可愛らしいのだけれど、あまりにも仲がよすぎて嫉妬してしまうほどだ。

まるでゼンイットがエル様を独占しているかのように見える。

ゼンイットはまだまだ子供なのに、彼に対してこんなふうに嫉妬してしまうのはいかがなものか。苦笑いをしてしまった。

もしサタンライオンの呪いが解けて人間の男の子になったら。

二人は成長して恋におちて結婚するのではないか。

そんな未来まで想像して、娘を彼氏に取られた父親のような寂しい気持ちになる。

今日また自分は、エル様のことを我が子のように愛していると再認識した。子供がいるわけじゃないのに、すっかり父性本能が芽生えてしまったようだ。

「こまったことはにゃいよ」

エル様が今日も可憐な花のように可愛らしい笑顔を向けて答えてくれる。

それだけで幸せな気持ちに満たされるのだ。

「そうですか。何か困ったことがあったらいつでも声をかけてくださいね」

「あーい」

自分に視線を向けてくれていたのは数秒のこと。

すぐにゼンイットに戻ってしまい寂しい気持ちになった。

しかし、サタンライオンの正体がわかって心から安堵している。

心配の種の一つがなくなって、我々は安堵していた。

＊　＊　＊

ゼンと一緒に騎士団長と私がサタンライオンの住む森に行くことになった。

特別な宝石を探して呪いを解かなければ、このような平和が訪れると思わなかったのに、何が起きるかわからない。

きっとこれはゼンが私を助けようとするやさしい心が伝わった結果なのかもしれない。

そしてこれからは森にも堂々と行けるようになる。嬉しい気持ちで胸がいっぱいになった。

入口の近くまで私たちは馬車で連れていってもらい、降りる。

冷たい風が吹いていて、身震いした。

ゼンたちはずっとこんなに寒いところで生活していたなんて……。想像したら切なくなってくる。

「ウォーン」

「あんないしゅるからついてきてって」

団長に向かって通訳する。

「ああ、了解だ」

ゼンが案内してくれて、サタンライオンが住んでいるという集落に連れていってくれる。

どんなところなのだろう？

足元に気をつけながらゆっくりと進む。

そこは深い深い森だった。

こんなに奥まで入ってきたことがないので私は期待で胸が膨らんでいた。

団長を筆頭に何人かの騎士が護衛としてついてきてくれている。

安全だとわかっているけれど、まだまだ警戒しているような雰囲気だった。

「ウォーン」

「ここだって」

到着すると数名のサタンライオンが中心部で集まっていた。

ちょうど料理をしているところのようだ。大きな鍋に野菜がたっぷり入っている美味しそうなスープを作っている。

二本足で立つライオンだがまるで人間の生活を垣間見ているようだった。

「ウォン」

ゼンが説明してくれたのはこういう内容だった。

食事の時間になると、女性が集落の中心に集まって大きな鍋で料理を作るそうだ。そうしてその鍋を囲みながら、みんなで食事をするというのがこの一帯の習わしらしい。
《ここに住んでいる人たちはみんな家族のようなものなのさ》
「しょうなんだね」
血がつながってなくても家族というのは、自分にも共通しているような気がしてすごく共感できた。
《ゼン！》
こちらに気がついた母親らしき女性が近づいてこようとした。
ところがすぐ近くに人間がいたので、恐ろしくなって足が竦んでいる。
父親らしき男性が近づいてきて、こちらを睨みつけた。ものすごく迫力があって怖いくらいだ。
《父さん、安心して》
ゼンが事情を説明している。
《彼女が僕たちの誤解を解いてくれたんだよ》
《なんだって？》
険しい表情をしていた父親がだんだんと柔らかくなっていく。
私たちは黙って理解してくれるのを待っているしかなかった。
「こわがらにゃいでくだしゃい」

私が話しかけると、動物に好かれるスキルが発動したのか穏やかな空気が流れる。
《まあ。可愛い子供》
《エルが僕たちの生活を救ってくれたんだ》
《なんだって？》
《騎士団の敷地内に僕たちの棲家（すみか）を作ってくれることになったんだよ》
《本当か？》
《ああ、本当さ》
《まさか人間の世界で暮らしてもいいと言われるとは……》
予想外の話でかなり驚いているみたいだ。そりゃそうだろう。今までは存在が見つかるだけで殺されていたのだ。
私が通訳して、団長がさらに話してくれる。そうしてやっと会話が成立するのだ。
呪いが解けるまで騎士団の敷地内で一緒に暮らすことになった。
《全部、エルのおかげなんだ》
ゼンのお父さんが近づいてきて、頭を下げた。
《ありがとう……こんな日が来るなんて……想像をしていなかった》
隣で母親が涙ぐんでいる。とても感動的なシーンなのに、料理の匂いがあまりにもよくて私は空腹を覚えた。

ギュルル。

盛大にお腹がなってしまい、一斉に視線がこちらを向いた。私は恥ずかしくて頬が熱くなるのを感じる。

《せっかくだからご飯食べていってよ。うちのお母さんのご飯は絶品なんだ》

「ありがとう、いただきましゅ」

木の切り株のような椅子に座り、お皿に盛ってもらったスープを口にした。

「しゅごくおいちい！」

《たくさんあるからおかわりしてね》

母親のやさしさに触れて私は胸が温かくなった。自分にもお母さんがいたら……。きっとやさしくしてくれていたのかもしれない。

ゼンは本当の家族が揃っていて羨ましいなとちょっと思ってしまう。切ない気持ちを飲み込むように食事に没頭していた。

食事が終わると自然と会話する。

サタンライオンは、この集落に二十名ほど暮らしているとのことだ。

「そうなると、全世帯分を用意したほうがいいな。国王陛下にお願いしておこう」

「しょうだね」

サタンライオンが救われたことが嬉しかったけれど、大事な友達であるゼンと普通に会えるようになるのが嬉しくて私は今にも飛び跳ねてしまいたい気分だった。

それから急いで家が作られて二週間で住処が完成した。閑散としていた裏庭に家ができて賑やかな雰囲気が漂っている。

私はいつでも堂々とゼンと遊べるようになってとても嬉しい。

幸せそうに暮らしているのでこれだと焦って旅に出なくてもいいのではないかと思っている。

でも、いつかはしっかりと呪いを解いてあげないと、街へ行くこともできないので可哀想だ。

いつまでも私が通訳しなければ人間と会話もできない。

ここで一緒に暮らしているということは国民には秘密。

それでも、彼らは屋根がついているところでしかも食べ物まで提供してもらえるとのことで嬉しそうにしていた。

8　久しぶりに一緒に寝ました

スッチが退院してきて公務にも復帰している。

今日は退院祝いを兼ねてみんなでクリスマスパーティーをすることになった。

私は朝から調理場に入って大きなケーキを作っている。直径百センチあり、三段重ねのケーキだ。

生クリームで綺麗にデコレーションされたケーキに私は焼いたクッキーやフルーツを乗せていた。

「完成！」

「わーい！」

調理場の職員たちが拍手をする。

早く食べたいけれど、まずはパーティーに出席するためにドレスに着替えてこなければいけない。

「エルちゃん、準備してくるわよ」

ティナに話しかけられて仕方がなく私は頷いた。自分の部屋に戻ると緑色のドレスが用意されている。

まるでクリスマスツリーみたいだ。

レースは何段にも重ねられていてストーンが散りばめられている。ちょっとパーティーをするだけなのにこんなに豪華なドレスを仕立ててもらえるなんてとてもありがたいことだ。

背中まで伸びたふわふわなブロンドヘアを綺麗に結い上げてもらった。

鏡に映る自分を見たらますます美少女に成長していってる気がする。自分で言うのもアレだが、何時間でも鏡を見ていられそうなほど美しい。

「本当に可愛いわ……お人形さんみたいね」

ティナがうっとりとしながら話しかけてくれた。

早速大広間に移動することになった。

今日は特別にサタンライオンもパーティーに招かれている。ここの騎士寮の団員は、サタンライオンと生活を共にしているので驚くことはもうない。

最初は警戒している人が多かったが、今では全員が理解者となっている。

全国の人も理解してくれたらいいのにと思うけれど、そんなにすぐにはうまくいかない。

それでもこうして屋根のある家で生活することができるので幸せだと話してくれていた。

ゼンも正装していていつもより凛々しく見えた。

「かっこいいよ、ゼン」

《……ありがと》

少し照れくさそうにしていた。

立食形式のパーティーになっていて会場にはたくさんの料理が並べられている。

天井からシャンデリアがぶら下がっていて、どこかから楽器の生演奏が聞こえてきてとても優雅な雰囲気だ。

今日の主役であるスッチが登場すると会場内は大きな拍手に包まれた。

「スッチ、復帰おめでとう」

「帰ってくるの待っていたぞ」

そんな声が聞こえてくる。

私が近づいて代表で花束贈呈することになった。

一気に注目が集まってみんな温かい目で見てくれているが、私のせいで入院させてしまったのでやっぱり申し訳ない気持ちが大きかった。

「エル、ありがとう！」

「スッチ、ごめんね」

思わず泣きそうになって顔を歪めてしまうが、スッチは長い腕を伸ばして抱きしめてくれた。

「もういいんだよ」

スッチの大きな愛に包まれて私はホッとした。

その後、食事会がはじまり、しんみりとした空気は一気に明るくなっていく。

大きなハンバーグや色鮮やかな卵料理が用意されていてとても美味しそうだ。早く甘いものを食べたいけどまずご飯を食べないとティナに怒られてしまうので、まずはご飯を食べよう。

「ウォーン」

ゼンが目を輝かせながら食べている。

「おいちいね」

《うん！》

最後に私が作った大きなケーキが用意された。

フルーツやクッキーをたくさん乗せたのでどこを食べても美味しい仕上がりになっている。ケーキが分けられた。

全員が食べられるように私が作ったケーキの他にもたくさんケーキが用意されていた。

大きなケーキがいっぱいあってこの空間にいるだけで幸せになってくる。

最初に団長が私の口元にケーキを運んでくる。

思わず大きな口を開けてあーんってした。

「団長、ずるいですよ。今日の主役は僕なんですから」

スッチが食べさせようと必死だ。

「そうだったな。今日は譲ることにしよう」

案外あっさりと引き下がった団長だった。スッチが顔を緩ませて私に食べさせようとした時、ゼンがその間に入ってきた。

《エル、食べないの？　あーん》

思わず口を開いた私に美味しいケーキを食べさせてくれた。もぐもぐ。

絶品でほっぺたが落ちそうになる。私はうっとりと目を閉じた。

「エルー……」

瞳を開くとスッチが泣きそうな表情をしていて、会場内に笑いが起きた。

「ライバルがまた増えてしまいましたね」

マルノスが小さな声でつぶやいて、ジークが納得したように頷いている。

ゼンは意味がわかっていないようで首をかしげていた。

最後にプレゼントが手渡された。この国にはクリスマスという概念はないけれど、せっかくパーティーをしたということで贈り物があったのだ。

大きな箱に入っていたのは、私の体ほど大きなうさぎさんのぬいぐるみだ。騎士全員で選んでくれたそうだ。

「ありがとう」

嬉しくてぬいぐるみに頬をスリスリとする。

ゼンには木で作られた馬車のような形をした動くおもちゃが渡された。まさか自分にもくれると思っていなかったのですごく喜んでいる。

「ウォーン」

「ありがとうっていってるよ！」

楽しかったパーティーが終わり、入浴と着替えを済ませてベッドに入った。今日一緒に寝てくれるのは、久しぶりのスッチだ。

「エルと一緒に眠れるなんて、嬉しいよ」

「そーだね」

スッチがこんなにも喜んでくれるなら私も嬉しい。一緒にベッドの中に入ってぬくぬくと眠っていた。

＊＊＊

『エルネットちゃん』

気持ちよく眠っていると、私の名前を呼ぶ声がして目が覚めた。

瞳を開けると、水色の髪の毛を二つに結んで、クリクリとした大きな目の女性がこちらを見てにっこりと微笑んでいる。

寝ぼけていたのでびっくりして飛び起きると、彼女が誰なのかわかった。私はこちらの世界に飛ばした女神様だ。

『エルネットちゃん、ひっさしぶりー』

相変わらず女子高生みたいな雰囲気なので私は苦笑いをした。

「おひさしぶりでしゅ」

『ますますべっぴんになっていくわね！　さすがの私もエルネットちゃんの容姿には勝てないわ。うっふふふふ』

人が眠っている時に出てきてこのテンションどうにかしてほしい。

『可哀想な運命を背負って生まれてきたのに、あなたは全然悲しそうな人生を歩んでいないわね。それどころかたくさんの人に愛されて幸せそう』

その通りかもしれない。

本当の両親にはまだ出会えていないし、これから先も会えるかわからないけれど、私はみんなに愛されて美味しいものもたくさん食べさせてもらって素敵なプレゼントもいっぱいもらい幸せな時間を過ごしている。

前世は早く亡くなってしまったけれど、こちらの世界に生まれ変わることができてよかった。だからこそ精一杯生きて今度の人生は素晴らしいものにしていきたいと思う。

『あなたを見ていると人生はどうなるかわからないと思うわ。運命は変えられるのかもしれないわね』

感心したように言った。

『これからも色々な大変なことがあるかもしれないけれど、エルネットちゃんなら乗り越えていけると信じてるわ。見守っているから頑張ってね』

「あ、ちょっと……まって」

女神様は言いたいことだけ言って姿を消してしまった。

エピローグ

新しい年がはじまった。

今日も私は、どうしたら美味しいお菓子が作れるかそのことばかり考えている。

もっと体が大きくなったら自分で作ることができるが、成長するまでにはまだまだ時間がかかりそうだ。

そのためにお菓子を作る時は言葉で伝えなければならない。人に伝えて作ってもらうことって難しいんだよなぁ。

まだ外は真っ白で寒いから外でことりカフェはできない。何かいい方法はないかな。冬ならではの楽しいことがないかな。

「かまくりゃ」

私は我ながらいいアイディアが浮かんだと思って誰かに伝えようと思った時、ジークが入ってきた。

説明すると渋い顔をしている。

「雪を固めて家を作るだって？　本当に突飛なことばっかり思い浮かぶんだな」

でも楽しそうだからといって結局、協力してくれることになった。

次の日、外はすごく寒かったけれど天気はとてもいい。

大きな雪の玉を作って重ねてさらに中くらいの大きさの雪玉を丸め、重ねて山を作っていく。

それを一生懸命固めてある程度硬くなったら、削ってかまくらの形にしていくのだ。

かまくらを作っていると噂を聞きつけた動物たちが近づいてきた。何やら楽しいことをしていると思ったらしい。

《楽しそうね》

小さな鳥が私の肩に乗ってきて耳元で話しかけてきた。

「ゆきのおうちをちゅくってるの」

私が説明している隣で騎士たちが一生懸命作ってくれている。

「もっとしっかり固めたほうがいいと思うぞ」

「了解しました」

騎士が協力して作ってくれたおかげで、あっという間にかまくらが完成した。

「しゅごい」

予想していたよりも立派で素敵な家になったので私は感動した。

「エルが喜んでくれるのが一番だ」

団長が言うと周りにいる人たちがみんな頷いた。私のために忙しいのに時間を割いて動いてくれたことはありがたい。

血はつながっていないけれど、私には温かい家族がたくさんいるんだって思えるの。

だからお礼にことりカフェを開いて、労いたいという気持ちが強いのかもしれない。

大好きな家族と美味しいものを食べながら楽しい時間を過ごすのが、平凡で一番幸せな時間だと思う。

「じゃあ早速中に入ってみてくれ」

団長に言われて私は頷いた。

完成したかまくらの中に入ってみると、風が遮られて暖かい気がした。

そこで私は雪の中でことりカフェを開催しようと思いついたのである。冬は寒いからできないと思っていたけれど、かまくらがあればできそうだ。

「いいこともいいちゅいた！」

「なんだ？」

私が声を出すとみんな柔らかい視線を向けて笑顔を作っていた。

「ここで、ことりカフェちよう」

「それは楽しそうだ」

団長がしっかりと頷いてくれた。

明日、お菓子を準備して、みんなで集まることになった。

私は遊びに来ていた小鳥さんたちにお願いをして、明日はみんなで集まってねと約束しておいた。


次の日。

私は、調理場でお菓子を作らせてもらうことにした。サツマイモがたくさん残っていたのでスイートポテトを作らせてもらう。

今回も頭の中にパソコン画面が浮かんできて、サクサクとレシピを検索し伝えることができた。

相変わらずすごい才能だと褒められるけれど私は苦笑いしてなんとかごまかしていた。

お菓子ができるといつもお世話になっている騎士のみんなに集まってもらう。

そこにはサタンライオンの家族も遊びに来ていた。

あんなに恐れられていたのに、今では普通に一緒に暮らせているので私はすごく嬉しい。

早く呪いを解いてあげたいという気持ちも大きくなっていた。

小鳥さんがたくさん集まってきたので、私は覚えた魔法でみんなにリボンをつけた。

「リボン！」

小鳥さんたちはあっという間にリボンがついて可愛らしくおしゃれした姿になる。

「どうぞ、たべてくだしゃい」

みんなおいしそうに食べてくれる。

「おいしい！」

ティナの頬が真っ赤に染まった。満面の笑顔になって私は胸がぽかぽかと温かくなる。

「エル最高にうまい」

団長が柔らかい瞳を向けて微笑んでくれた。

「また作ってくれよ」

ジークがちょっとかっこつけながら言う。

「エル様、寒い中でもエル様が作ってくれたお菓子を食べると身も心も温まります」

相変わらずマルノスが丁寧な口調で言ってくれる。

「エル最高だよ」

スッチがひと足先に食べ終えて私のことを思いっきり抱きしめた。

「くるちい」

「あーごめんごめん」

小さなかまくらの中に笑い声が響く。

もふもふに囲まれて、イケメン騎士に囲まれて、美味しいものを食べる。なんて最高な時間を過ごしているのだろう。

これからもこの幸せが続けばいいなと願うばかりだった。

早く大きくなってお菓子は自分で作りたいけど、この穏やかでのほほんとした時間がゆっくり進んでいけばいい。だから私はもう少し子供のままで過ごしていたいなって思う。

おわり

コスミック文庫 α

可哀想な運命を背負った赤ちゃんに転生したけど、もふもふたちと楽しく魔法世界で生きています！２

2022年5月1日　初版発行

【著者】　ひなの琴莉
【発行人】　杉原葉子
【発行】　株式会社コスミック出版
〒154-0002　東京都世田谷区下馬 6-15-4
【お問い合わせ】　―営業部―　TEL 03(5432)7084　FAX 03(5432)7088
―編集部―　TEL 03(5432)7086　FAX 03(5432)7090
【ホームページ】　http://www.cosmicpub.com/
【振替口座】　00110-8-611382
【印刷／製本】　中央精版印刷株式会社

ISBN978-4-7747-6377-4 C0193